独角马·中篇轻读文库

独角马·中篇轻读文库

# 在传说中

蒋　韵

海峡出版发行集团 | 海峡文艺出版社

# 目录

---

## 在传说中

## 晚祷

# 在传说中

　　1901 年，清光绪二十七年，慈禧太后一行从西安回銮，途经我的家乡开封。他们抵达开封的日子是农历十月初二，奉召而来的庆王奕劻和他们同日到达，只不过早了几个时辰。一时间，冠盖云集我家乡的大街小巷，开封成了实际上的清廷所在地。

　　这一年，已经有多少大事发生过了。屈辱

的"辛丑和约"已于农历七月在京城签订。而李鸿章在和约签订后不久病逝,清廷的最后一根擎天柱倒下了。这消息传来时,慈禧太后一行还正在前往开封的路上。凉秋十月,万木萧萧,鸿雁哀鸣,从官道上可以看见白茫茫一条黄河水,护驾的人中,不知有多少人眼望河水心生感慨,想道,气数尽了,气数尽了。

开封行宫,早已装饰一新,等待着慈禧太后和她的傀儡儿子。还要有一些事情发生呢,就在这开封行宫里,慈禧太后还要做一件大事,她将废去太子溥儁"大阿哥"的名号,将他逐出宫门。她一步步向洋人妥协着,退让着,眼看着一个个人头落地,白花花的银子流往外邦。

当然,小铜意不知道这些家国大事。这一年,1901年,农历辛丑年,小铜意虚岁七岁。他只偶然听人说起过"两宫两宫"的,他还以为人们说的是蟋蟀,后来才知道说的是太后和皇上,可他挺纳闷,心想,明明是一男一女,怎么非要说是"两公"呢?

　　"两宫"于农历十一月初四起驾回銮，自有一番热闹。通往黄河柳园口的跸道上，新铺了黄沙，那都是用水洗过的均匀、洁净的沙粒，金灿灿的，在秋阳的照耀下晃着人和马的眼睛。车轮轧在上面，沙沙作响，声音细碎、干净。护驾的官兵夹道跪送，只见一地的红缨帽，就像一地的落红。新打造的龙船，停泊在古渡口，岸边早已设下香案，光绪皇帝焚香奠酒，致祭河神。这个倒霉的皇帝，面色苍白，眼神看上去像诗人一样落魄、忧伤。

　　我家乡的黄河，起了恻隐之心。她想，这个可怜的孩子啊！这个没有亲娘的孩子啊！她用风平浪静抚慰了他，汩汩的水声是她一声接一声的叹息。他望着河面上美不胜收的粼粼金波，望着天地间和平温柔的美景，装作晃眼的样子垂下了头。他承受不了这巨大的仁厚的柔情，他想，我何德何能啊，他还想，日子是多么糟糕啊！他这么想着，眼泪就夺眶而出，一滴一滴打在了他四处开绽、破旧的鞋面上。

## 一　大头和尚刘翠妞

小铜意家住在庙门街，街的尽头，连接着一条横街，两条街形成一个工工整整的"丁"字，丁字交叉处，就是我家乡著名的城隍庙。那横街的名字，不用说，自然就叫作城隍庙街。

城隍庙自然供着城隍。我家乡的城隍是谁？不知道。只知道，这城隍身边有一对泥塑的童男女，六七岁模样，男的叫大头和尚，女的呢，叫刘翠妞。

大头和尚模样很喜人，光头大脑袋，大眼睛，两个大腮帮子，鲜艳得像红苹果，咬一口芳香四溢似的，一身灰裤褂，黑芒鞋，脖子上挂一串楠木珠。刘翠妞红袄绿裤，垂双环，带根银锁链，也是一张香喷喷、笑嘻嘻的苹果脸，额上还点一个梅花痣。这一对小儿女，正是贪玩的年纪，却日日夜夜陪伴着一个黑胡子城隍爷，别人不说，小铜意儿心里就直惋惜。小铜意儿心想，大头和尚虽说总有好吃的，可成天只有一个刘翠妞做伴，多不热闹啊！和一个胖妞玩，能玩出什么名堂？

城隍庙香火旺盛，初一、十五，总有人来进香。平日里，庙门前小广场上，也是热闹的。特别是晚上，这里就是我家乡的夜市。无数小吃摊云集在这里，卖酱羊肉，卖芝麻酱火烧，卖炸油馍头、胡辣汤，卖花生糕、糖梨水，煮荸荠、菱角，还有四时的鲜果，等等，生的熟的，凉的热的，应有尽有。那香味啊，细水长流，氤氤氲氲，连成了片，夜色都被它浸透了，变得殷实。再没什么能比这人间烟火气能让一个城市满足了，也再没什么能比这殷实的夜晚，能让我家乡的父老乡亲感到踏实和心安了。

这里自然还是小铜意儿们的乐园，庙门街和城隍庙街上住家的孩子们，大多是小门小户人家的孩子，他们理直气壮地把这小广场当作自家的后院。除了数九寒天，除了刮风下雨的日子，天天都有孩子来这里玩耍，他们捉迷藏，扮官兵捉强盗，也有时在月光下抽陀螺，斗蟋蟀。我家乡的孩子，把陀螺叫作"得楼"，他们人人都能把"得楼"抽打得如同旋风一般。他们爬墙上树，上房揭瓦，夜夜都像是狂欢夜。夜深了，玩累了，每人就要掏出两枚汗津津的大铜子，买一碗胡辣汤、两根油馍头做消夜。那胡辣汤是我家乡特有的一种美食，浓郁的羊汤做底料，里面煮了豆腐、黄豆、木耳、金针，上面飘一层红辣椒、绿芫荽，有着我们北方的爽快和明艳，油馍头一根根的，炸得蓬松而金黄，是孩子们百吃不厌的食物。油馍头、胡辣汤下了肚，孩子们这才心满意足地回家睡觉。

当然，小铜意儿不是天天都能有两枚大铜子，可隔三岔五娘总是要给他零钱花。铜意儿的大舅，在城隍庙当差打杂，他喜欢指使铜意儿给他干这干那，扫院子啦、掸香灰啦、上树捋榆钱啦，要不就是上街买东西，买包洋取灯、打瓶米酒什么的，买东西找回的零头，自然就都落进了小铜意儿的荷包。不过，小铜意儿才不单单是为了这几枚铜子帮大舅干活，不是，小铜意儿是个勤快的孩子，生来闲不住，还有就是，他特别喜欢舅舅，和舅舅亲。他也喜欢城隍庙，因为城隍庙不像别的庙宇那么阴森吓人，大头和尚、刘翠妞这两个艳丽的孩子使城隍庙看上去有一种亲切的红尘气。

大舅舅还没有成亲，这让小铜意儿的娘，也就是舅舅的姐姐很着急。可舅舅自己不急，小铜意儿也不急。这舅甥俩常常一唱一和，舅舅说："娶媳妇有什么好？老不自在，哪如这样啊，一人吃饱了全家不饿，是不是铜意儿？"小铜意儿回答说："那是，我长大了，也不娶媳妇，烦死人了！"舅舅又说："姑父、姨父、舅的媳妇，三不亲哪！铜意儿，你想要个'三不亲'的妗子吗？"小铜意儿连连摇头，说道："才不要呢！"舅舅又说："有了'三不亲'的妗子管着，一个铜子儿也不让给铜意儿花，这中不中？"小铜意儿简直有些义愤填膺了，回答说："不中，不中，就是不中！"气得他娘扑上去拧他的嘴，他娘说："你个小王八羔，你不娶媳妇？抓周的时候是谁一把抓了胭脂盒？"他娘揭了小铜意儿的短，还是四处张罗给舅舅说亲，还逼着舅舅打扮好了去相亲。舅舅让人家相了几回，可从没被人相中过。舅舅倒没什么，他姐姐气得直掉眼泪，一边抹泪一边骂："都瞎了眼了！都他娘瞎眼了！"

舅舅嘿嘿笑了，说："姐呀，人家正是没瞎眼，才看不上我这瘸子啊！"

大舅生来就身有残疾，一条腿比另一条短一大截，走路像刮大风，摆得厉害，身量也长不高，二十六七的人，看上去还是个孩子的身量。可除此之外，舅舅真是没一点不好啊。舅舅长得不丑，国字脸，浓眉大眼，还有一口女人样的珍珠米白牙。舅舅手很巧，世上没他不会干的活计，他会编蝈蝈笼，会扎上百样彩灯，还会画龙头，年年正月十五，城隍庙前闹红火、舞龙灯，那龙头都是由大舅舅来画。他描画的龙头，活灵活现，又威猛又精神，老辈人就说："虽说比不上杨三两，可也算是'天下第二龙'了。"杨三两是个什么人？小铜意儿不知道，想来是个古话。可小铜意儿满心不服气，他想：这世上，还能有比舅舅画龙画得更像的人？除非他画出条活龙来！舅舅不光善画，还会拉胡琴、唱曲儿，小铜意儿常常招来一大帮孩子听舅舅唱，还点名要听那个《小大姐吃杏》：

> 有一个小大姐她才十六，
> 她不搽那个官粉是自来的就，
> 漂白那个布衫银锁链，
> 贴身还带了一个红兜兜……

舅舅每次唱到这儿，小铜意儿不知怎么一下子就想起了刘翠妞，刘翠妞成天穿红戴绿的，可不就是个臭美的小大姐吗？

> 小大姐扭扭捏捏朝前走，
> 她看见那个杏树结得也怪稠，
> 小大姐心眼里想吃杏，
> 她东瞅瞅西望望，没有砖头……

小铜意儿忙跟着舅舅清脆地和一声："没有砖头！"心里很快活，他知道下面将要发生什么，心想，哈，刘翠妞，你就要倒霉了！

小大姐坐下就把那个绣鞋来抽，

她照着那个杏树猛一"揉"（平声），

（白）哎呀，不好了！（唱）树梢上卧了
一个凶斑鸠，

也是那大姐的手头巧，

坤鞋带挂住了斑鸠的头，

你看吧！那斑鸠，顶着个绣鞋满天的悠，

小大姐，赤巴个脚丫撵斑鸠，

斑鸠斑鸠你回来，

回来快把俺那绣鞋丢，

若不然，婆婆家知道定要把俺奴家休……

听到这儿，孩子们哈哈大笑，高兴得不得
了，齐声应和："把俺奴家休！"舅舅就说：
"将来娶媳妇，可别娶回个馋嘴的小大姐！"
小铜意儿一撇嘴，回答说："谁娶媳妇！烦死
人了！"

小铜意儿心里满是对女孩儿的鄙夷，再看
见刘翠姐，就摇头对她说："嗨，你呀，刘翠姐，

你不会打'得楼'，不会斗蛐蛐，就会吃杏，真没个意思。"刘翠妞歪着个好看的大脑袋，不理他。他四下看看，见没有人，就用手掌蘸了把香灰，悄悄抹到了刘翠妞的红脸蛋上。

舅舅一个人住在城隍庙后院一间小偏厦里，冬天，下雪的日子，拢一只铜火盆，火盆里埋几只白薯，舅甥俩围着炉火，等那白薯在火盆里吱吱叫着冒出温暖的香气。不是上香的日子，庙里没有一个香客，也没有一个杂人，雪沙沙落着，落雪的声音静谧而湿润。舅舅用火剪拨开炭火，夹出烤熟的白薯，掰开来，金红的瓤，袅袅白汽，像雾中的大花，是这暗沉沉小屋里的一点艳情。舅舅催小铜意儿，趁热吃，小铜意儿嗅着那浓郁的甜香，心里想，这大雪天，没人来上供献，大头和尚、刘翠妞，他俩吃什么呢？

小铜意儿坐不住了，他用棉袍襟兜起两只烤白薯，跑出了房门，雪地白亮亮地晃了他的眼，他穿了棉窝的脚在白茫茫的雪地上踩出一溜脚印。舅舅望着那一溜脚印想起一副对联，

"虎行雪地梅花五，鹤立霜田竹叶三"，心里忽然觉得有些惆怅和空落。他低头望一眼手里的红芯白薯，觉得那红妖娆得着实刺目。

有了雪光的映衬，庙堂里要比平日亮一些，可小铜意儿跑进来还是觉得眼前一暗，和舅舅的小屋比起来，这里又阴又冷，小铜意儿脱口说："好冷！"可大头和尚、刘翠妞却还是一如既往穿着夏天的衣裳，也没有人给他们拢盆火。他看看衣襟里的红薯，一只大，一只分明要小一些，这倒叫他犯了难，给谁吃小的呢？想了想，他很不好意思地把大白薯给了——刘翠妞，小的给了大头和尚。他怕大头和尚见怪，红着脸嘟哝了一句，"俺不是抹了刘翠妞一脸灰嘛！"

这个雪天过去不久，有一件大事发生了，舅舅的娘，小铜意儿的姥姥，给大舅舅买回一个童养媳！这童养媳，十二三岁，又瘦又黄，辫子像老鼠尾巴一样细，上面爬满白花花的虮子，是个要饭的小闺女，家里遭了蝗灾，秋粮颗粒无收，无奈何，跟着爹娘兄弟沿黄河一路讨饭来到我富庶的家乡，他们讨饭讨到小铜意儿家门上，铜意儿娘先起了意，她看这闺女，不缺胳膊不缺腿，人长得还不算丑，又看那家人很老实，心想，真是千里姻缘一线牵哪！

铜意儿娘和铜意儿姥姥，三下五除二，做成了这件大事。请来对门饭铺掌柜做中人，立下字据，钱货两讫，一手交钱，一手交人。十两雪花银，买回一个童养媳。我家乡方言，把童养媳说成是"团圆媳"，铜意儿娘和他姥姥，虽说花了钱，心里却一片光明，她们看到了那美景，先"团圆"着，要不了三五年，就可以圆房生孩子了呀！

团圆媳一进门，就让她婆婆按住用剃刀剃了个大光头，是怕她头上的虮子过给别人。团圆媳满心不乐意，满心的难过和伤心，口不能言，只有低头流泪。那样子，不像是嫁给人家做媳妇，倒像是剃度出家一般。剃成光头的团圆媳，人更瑟缩得低了半截，不敢往人前站。那一天，舅舅被叫回了家，进了门，看见一个后背慌慌张张一闪，闪进了厨房门，舅舅啥也没看见，只看见一个青萝卜样的光头。舅舅一愣怔，心想，咋弄回一个秃小子来？

他姐姐扑哧笑了，说："傻兄弟，看见了吧，那就是你媳妇啊。"姐姐这句话，说得十分动情和温柔。

他想问是不是生了秃疮，又问不出口。姐姐看出了他的心思，啪地一拍巴掌，说："放心吧，吃几顿饱饭，要不了一年半载，就是一头好头发。"

他红了脸。

一家人，唯有小铜意儿不满意，他问舅："大舅，你说话不算话，你还是给我娶回'三不亲'来了。"舅舅回答："谁说的！这不是还没成亲嘛！"

"可都已经'团圆'了呀！"

"铜意儿呀，"舅舅和解地、讨好地摸摸外甥的头，"你看，这不都是你姥姥和你娘逼得嘛！再说，人都是要成亲的呀！"

"大头和尚也成亲？"

"那倒不，他是和尚嘛。"

"刘翠妞也成亲？"

"她是金童玉女，神仙呀。"

舅舅眼睛里闪烁着喜气，藏也藏不住，这使他一张脸看上去流光溢彩，他嘴里哼着小曲儿，摇摆着身子出出入入，小铜意儿第一次发现他走路的样子是那么不顺眼，那么难看。铜意儿想：一个光头小媳妇，一点也没看头，丑死了，高兴个什么劲！这么想着，他竟然有点为舅舅难过起来。

立春了，雪消了，灯节过去了，二月二也过去了。城隍庙门前又渐渐变得热闹。小吃摊一个一个，雨后蘑菇一样生长出来，城隍庙又成了一个被食物的香气笼罩的城隍庙。孩子们都长大了一岁，陀螺抽得更完美了，上房爬树的本领也更高了，特别是过年得到的"压岁钱"，将每个人的荷包都撑得鼓鼓的，更是让人高兴和满足的事。又有新伙伴加入到游戏的队伍中，眼看着小铜意儿们的队伍日渐壮大，这让广场上的小摊主们又高兴，又发愁。高兴的是又添了生意做，发愁的是，这群孩子如疯跑的野马，少不了要惹些事端，不是撞翻了谁的煤油灯，就是踢倒了谁家的长条凳，要不就是碰掉了人家手里的碗。惹了祸，摊主们少不得大声叱骂一顿，却也并不真的生气，他们还是喜欢孩子们带来的这旺盛的人气和热闹的景象的。

有一天，不知道那天是个农历初几，没月亮，也没星星，广场上比平时显黑，孩子们商量着要玩官兵捉强盗，正叽叽喳喳吵嚷着闹分家，忽听一个声音说："带俺们不带？"

孩子们一回头，看见一个小男孩儿，身边跟着个小闺女，站在黑地里，影影绰绰的，看不清眉眼，听声音很耳生。孩子们就说：

"带你，不带妞，带妞跑不快。"

"谁说俺跑不快？"没想到男孩儿还没说话，那个女孩儿倒抢在前头开了腔，"俺又没缠脚，不信咱比比？"

女孩儿的声音，脆如银铃，落地有声，溅起许多的银星星，像萤火虫一样漫天狂飞，傻小子们都愣住了，半晌，为首的一个叫德保的男孩儿说：

"中，带你就带你，不过你们只能当强盗，强盗才带强盗婆。"

"当强盗就当强盗！"女孩儿回答得很干脆，"还有谁当强盗啊？"

大家扭捏着，不吭声，其实，谁心里不想跟这么一个强盗婆落草呢？正扭捏着，只听女孩儿又开口了："哎，小铜意儿，你愿意不愿意当强盗？"

"当就当！"小铜意儿很快活，马上站到了强盗婆身旁，忽然觉得奇怪了，心想：咦，她怎么知道我的名字呢？我又不认识她。

德保见强盗婆挑中了小铜意儿，心里有些妒忌了，马上嚷嚷说："不中，铜意儿哪能当强盗？他是个胆小鬼！看见出红差，就吓得尿裤子，哪能当强盗？"

"谁尿裤子了？谁尿裤子了？"小铜意儿见被人揭了短，急得叫起来，"我敢吃长虫，你敢吃？"

吃长虫的事，倒是真的。有一回，小铜意

儿和他爹去拜客，那家人是南蛮子，留他们吃饭，桌上有碗肉，很香。小铜意儿吃完了才知道，那是蛇肉，吓得他回家的路上就吐了。

"好了好了！"女孩儿当机立断，"就让小铜意儿当强盗，你看，他连长虫都敢吃嘛！"

其实，当强盗也没什么大不了，就是隐蔽起来，不让官军找到，然后趁其不备"拔旗破营"。这一晚，官军屡屡失利，强盗回回得手，最后德保生了气，亲自坐镇守营。官军的营，设在西北角一棵老槐树下，德保背靠槐树，一动不动，就像生了根，就像老树下又长出一棵挺拔的小树。稍远处，就是热闹的夜市，各种叫卖声随风而来，各种香气随风而来，更衬出了这槐树下的清冷。谁家墙角下，蛐蛐叫着，听叫声就知道那一定是只身手矫健的好蛐蛐，打遍天下无敌手。这世上，有多少诱惑在引诱着这孩子，可他岿然不动。

几个小强盗躲在他身后不远的地方，对了，他们根本没有跑远，就躲在官军的眼皮子底下，这就是"灯下黑"的道理呀。他们等待时机偷袭，可这德保到底不是别人，他长了三只眼、六只耳朵呢，他爹是开油坊的，人送外号叫"滑刘"，少说也有一百个心眼儿，德保比他爹，自然也差不到哪儿去。小铜意儿气馁了，就等着束手就擒了，若是个真强盗，碰到这对头，只能等着戴枷站木笼了！就在这时候，小强盗婆忽然心生一计，她弯腰拾了个小石子，朝远处用力一丢，趁着骨碌碌地响动，悄悄潜身过去。德保大叫一声："谁？"一边飞身朝那黑影扑去。说时迟，那时快，强盗婆叫德保拿下了，可他身后的"大营"，也叫小铜意儿们乘虚偷袭成功了。

别提德保多沮丧了，他想，哪里跑来这么一个鬼精灵呀？官军们个个垂头丧气，而强盗们则喜笑颜开。正得意呢，那新来的男孩儿说话了，他说："咱破了德保的营，可德保也拿了咱的人，是不是？不输不赢，扯平了！"

小强盗婆想想，大度地说："行，扯平就扯平！"

这一来，可说是皆大欢喜。德保争回了面

子，也高兴了，一高兴，就觉出了肚饿，大家呼啸着冲向小食摊。天晚了，小食摊上已没有了多少食客，孩子们挤挤挨挨各自抢占了桌凳。小铜意儿在一盏油灯前坐下，灯苗一闪一闪，在他脸上温柔地跳舞，他从怀里掏出大铜板，朝盛铜钱的小笸箩里"当"地一扔，说："一碗胡辣汤！"一回头，看见那兄妹俩在远处黑影里站着，忙招呼说："来喝胡辣汤呀！这家的胡辣汤最香啦！"

兄妹俩朝前走，忽然挂过一阵风，灯苗忽悠忽悠闪几闪，灭了。所有的灯苗，忽悠忽悠闪几闪，全灭了。小广场顿时黑下来，可是黑得真美，只见炉火的红光，像黑夜的心事，这里、那里，温存地、情意绵绵地舔着硕大的锅底。刹那间，人们似乎被这黑、被这神秘而新鲜的黑夜震慑住了，谁也想不起点灯。兄妹俩摸黑过来挨着小铜意儿坐下，大家亲密地挤在一起。哥哥掏出两枚铜板来，朝盛铜钱的小笸箩里一扔，只听"当、当"两响，小强盗婆立刻快活地高声喊：

"两碗胡辣汤！"

"耶！好亮的嗓！"老板一边盛汤，一边喝彩。

第二天早晨，这老板打着哈欠，坐在窗前算账，发现一件怪事，只见那盛铜钱的小笸箩里，有两个——纸钱，就是人们烧奠用的那种，白麻纸，轻飘飘的，杂在一堆铜板里，半藏半露，似乎很为自己的没有重量而羞涩。他"咦"了一声，心想，怪事呀！哪里跑来的纸钱？他想这准是哪个孩子的恶作剧，他骂了一声："小王八犊子！"一边把那两个纸钱拈出来，扔了。

从那天晚上之后，这兄妹二人，就常常来找孩子们玩耍了。他们和小铜意儿做了朋友，和德保也不错。他们一块儿打"得楼"，滚铁环，当然最喜欢玩的还是官兵捉强盗，或者藏老闷儿。差不多总是德保提议，说："咱玩藏老闷儿吧？"要不就是"咱玩捉强盗吧"。德保其实是暗暗憋着劲，要和这小强盗婆斗法。不过，十次有九次是德保败下阵来。这个鬼精灵啊，她藏身的地方，十个德保也找她不着，好像她会遁地术。她还是个千里眼、顺风耳，谁的藏身之处，也瞒她不过。她还天生会使计谋，三十六计她样样通似的。相比之下，她哥倒像个没嘴的葫芦，实心眼，就爱咧着嘴嘿嘿地憨笑。他们和小铜煲儿一样，玩起来就没个够，不记得钟点和时辰，他们也嘴馋，喜欢各种零食，特别是香喷喷的胡辣汤和油馍头，没有一回不是拿它们做消夜。只不过，有些奇怪的是，这兄妹二人，从没有在白天出现过，他们似乎专挑没有月色的夜晚出来玩耍，黑着来，黑着去。

且说那卖胡辣汤的老板，姓苏，叫苏丑小。这苏丑小另一个早晨起来算账，怪事情，钱笸箩里又出现了两枚白纸钱！从此，隔三岔五，这白纸钱就像记熟了路的野物，开始频频光顾。苏丑小想，菩萨呀，这是咋回事？他猜想：会不会是得罪了什么人？冲撞了什么人？可他又会得罪谁呢？他守着一份小买卖，见人不笑不说话，也从没有克扣过谁。谁不知道苏丑小的胡辣汤货真价实，羊肉都是鲜羊肉，城隍庙街头一份儿？再看那白纸钱，虽说是个冥物，倒没有戾气，相反倒挺家常，还有着一种温润的羞涩的表情，就像是被谁家的母鸡悄悄下到这筐里的鸡蛋。可不管怎么说，纸钱到底不是寻常物，它还是让这老实的买卖人感到不安。

这一天傍晚，太阳落山了，晚霞把天边烧成一片血海。苏丑小刚刚支好摊子，生意还没有开张，难得有这样清静的一刻。他袖着手，仰头看那晚霞，心想，天咋流这么多血？天又不是女人，月月来潮？这天地间的事，有多少是人不明白的呀！他想起了钱笸箩里的纸钱，不由得叹了口气。这时，只听旁边有人叫了他一声，是卖炸油馍头的吴老三。

"苏大哥，"吴老三撩起油腻腻的围裙擦着手，"我跟你说件怪事。"

"啥怪事？"苏丑小心一动。

"这些日子，我这钱笸箩里，不知咋的，老有两张纸钱，你说这事怪不怪？"

"你也收了纸钱？"苏丑小惊讶地问。

"是呀，开头我还当是哪个小王八羔子闹着玩，没当个事，可后来就觉着不像了，咋，苏大哥，莫非你也收了纸钱了？"

"可不是嘛！"苏丑小一拍手，"我这心里，正为这事不自在呢！"

"咋？你们也都收了纸钱了？"另一边，也是卖胡辣汤的李老板大呼小叫搭了腔，"哎呀，我还以为就我一个人碰上鬼了呢！"

这一喊，左近的人就都听见了，卖煮糖梨的、卖火烧的、卖花生糕的、卖冰糖葫芦的，人人都开了口。原来，这一段日子，差不多人人都收到过纸钱，有的只收到过一两回，有的三五回，收到最多的，还是苏丑小、吴老三、李老板这些卖胡辣汤、炸油馍头的。

可是，谁也想不出，这纸钱是从哪里来的。他们想呀想，脑瓜子想疼了，也想不出什么可疑之处。流逝而去的每一个夜晚，似乎都是和平的、坦荡的、安详的、善意的，回响着孩子们的欢叫和美食撩人的香味儿。这样的夜晚能有什么凶险、阴谋和不测呢？最后还是苏丑小对大伙儿说：

"都别瞎猜了，以后咱多留点神就是了。"他接着回头对李老板开了句玩笑，说："兴许是你的胡辣汤太香了，把鬼都给引出来了。"

"耶！再香还能香过你的去？要真是有鬼，也是你这远近闻名的苏家胡辣汤给引来的，没错，就是你！你引来的怕还是个女鬼！"李老板反唇相讥。

大伙儿都笑了。苏丑小觉得心里轻松不少。原来不是他一个人遇到了什么麻烦事，不是谁和他过不去。身后的炉灶上，羊汤在大锅里咕嘟咕嘟打着滚，那香气引得苏丑小自己都流下了口水。他想，兴许真是有个嘴馋的鬼来喝羊肉汤了，那又怎么样？要说苏家胡辣汤，真是配方独特，用料讲究，每根羊骨头都要砸出骨髓来呢。想来那鬼不是个恶鬼，公平买卖，又不欠人一文钱。

天气越来越暖，桃花、杏花早开过去了，丁香花也开过去了，忽然间，又到了槐花盛开的节令，今年的槐花似乎格外繁茂，大街小巷，每一棵槐树，都绽放出密匝匝、洁白如雪的花朵，千串万串，千穗万穗，是这六朝古都的艳遇。槐花温暖的甜香，随风出城，香气就笼罩了柳园渡，河水携带着槐花香，东流入海。我家乡的夏天来临了，孩子们脱下了夹衣，换上了夏布的裤褂，卖蒲扇的挑着挑子出来了，卖绢扇、纱扇、团扇的店铺也备齐了新货。流萤出现在夜晚的天空，城外片片藕塘里，蛙鸣开始闹人。要不了多久，满塘的莲花也要开了。我家乡的夏天，姹紫嫣红，真是妖娆啊！可是，就在这笼天盖地的花香中，小铜意儿总是能闻出一种奇怪的味道，那是小强盗婆身上的气味，不是槐花香，不是莲花香，也不是脂粉香，是什么香？不知道，却丝丝缕缕，若有若无，像烟岚又像活物。假如他们玩藏老闷儿，轮到小铜意儿逮人，他总是能凭着鼻子嗅出那小强盗婆的藏身之处，他闻香而去，一逮一个准儿。小铜意儿心想，德保可真笨哪，他难道闻不见她身上那好闻的香味吗？他没有鼻子吗？

他忽然想起娘说的"抓周"的事，脸不由得红了，心想，是不是自己的鼻子对世上的香味特别贪呢？

天暖了，孩子们在户外逗留的时间也越来越长。瓜果都下来了，城隍庙前新添了许多卖瓜果的摊子，卖麦黄杏的、大白桃的，还有紫李子、红海棠的，夕阳下它们流金溢彩，看着就叫人心生爱意。不过蚊子也变得猖獗，乘凉的人们就在院子里或者当街点起艾蒿熏蚊子，这使夜晚的气味变得更加丰富和耐人寻味。孩子们人人都被蚊子咬出一身红疙瘩，小铜意儿这时就很羡慕小强盗婆，他想，大概她不用点艾蒿身上的香气就能把蚊子熏跑吧？不是说有一种香草可以驱毒虫吗？也许她就是一棵香草。

这一天是个大阴天，没有星星，也没有月亮，天黑得很沉，孩子们吃罢晚饭照例又聚在了广场上。那小兄妹俩也来了，一连好几天，不知为什么大家没见他俩的面，这时见了很高兴。德保问小强盗婆："哎，是不是你娘嫌你太疯，给你缠脚了？""想得美！"小强盗婆一梗脖子回答，"想把俺的脚缠成粽子，你好抓我关木笼啊！"大家都笑了。

这一天，他们玩老鹰捉小鸡，兄妹俩憋了这些天没出门，玩得忘了情。起风了，乌云悄悄散去了，他们不知道，星星悄悄露出来了，他们也不知道，忽然间，一下子出了大月亮，农历十五的月亮，柔情四溢地把它的清辉洒向大地，做游戏的孩子们，纤毫毕露地浮现在光明的月色中。那一会儿，刚巧轮到小铜意儿当老雕，他站在一排孩子的正对面，他第一个看到了那奇迹，只见他一下子住了脚步，慢慢、慢慢睁大了眼睛，甚至张大了嘴，他想，我是不是在做梦？他使劲揉了揉眼，又看，这下，他看清了，只听他高兴地大叫一声：

"大头和尚、刘翠妞！"

孩子们愣住了，月光下，大家互相打量，不明白小铜意儿在说什么，长长的一排队伍乱了阵脚。但是月光真是太清澈了，它存心要露出黑夜掩藏的秘密，只听又一个孩子惊叫起来：

"哎呀，大头和尚、刘翠妞！"那孩子兴奋地用手指着对面孩子的脸，这一下，所有的人都看到了月光下那奇迹：那张开"翅膀"扮母鸡的孩子，光头大脑袋，忽闪闪的大眼睛，灰裤褂，黑芒鞋，不是大头和尚是谁？再看他身后，红袄绿裤一个妞儿，垂双环，带银锁链，香喷喷的苹果脸，额上点一个梅花痣，不是刘翠妞又是谁？

"哎呀呀！大头和尚、刘翠妞！"孩子们一片惊呼。

大头和尚垂着手，嘿嘿嘿憨笑，觉得怪不好意思。刘翠妞则是银铃似的笑，落地有声，清亮得像是洒了一地银屑。孩子们围上来，不知说什么好，也只是笑。刘翠妞给笑急了，一跺脚，露出了小强盗婆的本来面目，"嗨，我说小铜意儿！你们还玩不玩？不玩我可要回家啦！"

"玩玩玩！"大家一迭声地喊。

这一晚啊，孩子们简直玩疯了，直玩到夜深才散伙。好在天气热，大人们在屋里睡不着，就在当院支了竹凉床，躺在床上乘凉看星星，有人家甚至把竹凉床支到了胡同里，也就不急着催孩子回家睡觉。孩子们玩完老鹰捉小鸡，不过瘾，又玩起官兵捉强盗。小铜意儿拉着刘翠妞，甩开众人，跑啊跑，七拐八绕，远远跑到了一片空场上，那里有口甜水井，有棵老榆树，还有不知谁开出的菜园子。两人趴在瓜架卜，脸挨着脸，四周一片清香，是黄瓜花、丝瓜花，还有豆角花的香气。月光洒下来，如银似水，丝瓜叶子的黑影在他们脸上跳舞。刘翠妞叹息一声，忽然说："月亮可真好看哪！"

小铜意儿忙扭脸看她。

"天真好看哪！"她又叹息一声。

她神往地看天，看月亮，还有星星。天让她感动。她很少看到有月亮和星星的夜空，她看到的永远是城隍庙黑黑的屋顶，真憋屈啊。天原来是这样一个无边的大奇迹，星星像最亮的泪滴，她都看哭了。她快乐地哭着，哭得小铜意儿也有点鼻酸起来，一个天有什么好哭的？小铜意儿心酸地想，可是她连天都没见过。

蛐蛐在菜地里叫，金铃子在草丛里叫，纺

织娘在树叶里叫，还有许多的虫子都在叫。可是他心里很静。他安静地和这小姑娘一起，领略人间美景。这世上，还有多少东西是她没见过的呀，他真想让她看见一切，知道一切，他忽然对她说：

"我大舅娶团圆媳了。"

"啥叫团圆媳？"

"就是'三不亲'，妗子。"小铜意儿耐心地解释，"我大舅说他不想娶亲，其实是假的，那个团圆媳丑死了，剃个大光头，像个小尼姑，可我大舅呢，还怪美的呢。"小铜意儿不以为然地撇撇嘴，"我说刘翠妞，你可别给人家当团圆媳啊。"

"我才不会呢！我才不给人家当妗子呢，还得剃光头！"刘翠妞回答得很干脆。

小铜意儿放心了。为什么放心，他也不知道。他嘿嘿嘿地笑起来。他和她挨得这么近，她身上的香味，融入四周的花香中，像温暖的水一样，一浪一浪涌着他。他的鼻子真是贪恋世上的香气啊。他想告诉她"抓周"抓了香粉盒的事，却没说出口。他忽然想起往事，想起有一回他竟把香灰抹到了她脸上，觉得怪不好意思。

"哎，我抹过你一脸灰，你记恨我不？"他悄悄地问。

"可俺也吃过你的烤白薯呀！"她细声细气回答。

一语未了，只听有人大喝一声，"拿下！"原来是德保带着他的兵勇包围了他们。这是德保第一次当众拿住小强盗婆，别提心里有多得意。真是皆大欢喜的一晚啊。夜露下来了，孩子们玩累了，口渴了，大家商量着去瓜摊上买西瓜吃。可这一来，大头和尚、刘翠妞犯了愁，这么好的月亮地，叫他们没处躲，也没处藏。大头和尚只好说："算了吧，你们吃吧，俺们走了。"可孩子们怎么能就这样让他们扫兴而去？还是德保想了个主意，说："这有啥难的！"他让大家簇拥着兄妹俩来到瓜摊前，围成一个圈，脸朝里，把他俩像包心菜似的包在中间，又像一朵花，他俩做了花蕊。孩子们快乐地包住了一个大秘密，大家脸对脸吃西瓜，你冲我挤一下眼，我冲你挤一下眼，快活无比。

大头和尚悄声说："今天的瓜，俺请客。"

那其实是最后的欢聚、最后的晚宴，可孩子们谁也不知道。他们高高兴兴回到家，嘴快的孩子们进门就嚷嚷："娘，娘，你猜今天谁跟俺们玩来着，大头和尚、刘翠妞！"

当娘的困得睁不开眼，随口瞎应着，没当它一回事。可是第二天，醒来后一琢磨，有点儿不对劲，失急慌忙地推醒孩子盘问："德保，德保，你说夜个晚上谁跟你们玩来？"

"大头和尚、刘翠妞嘛！"孩子们脱口就答。

这一天，大头和尚、刘翠妞的名字，在我家乡晴朗无云的天空下，像稠密的树叶一样哗啦啦不停地翻卷，闪着银白的光芒。这是一个不同寻常的日子，大家都知道了昨晚发生的事。城隍庙前那些小摊小贩们，绘声绘色向街坊四邻诉说着这几个月来他们钱笸箩里是怎样收到了纸钱，如今可知道这纸钱的来历了，原来是那一对小泥胎在作怪！德保他爹，人称"滑刘"的油坊老板，忧心忡忡打量着他的独养儿子，觉得他脸上弥漫着妖气。说来也巧，那晚大概德保西瓜吃多了，闹肚子，有些腹泻、发烧，他爹想，了不得！慌慌张张和街坊们商量着怎样禳灯送祟。道士们也惊动了，地方上也惊动了，大家出钱，备下了朱砂、灯油、石灰、香烛、酒和黄表纸，可这大头和尚、刘翠妞，到底不是狐仙蛇精，不是游魂野鬼，碍着城隍爷的脸，平常驱妖除邪的道法，不好施到他们身上，人们左商量、右商量，左不行、右也不是，最后，还是道长说："听天命吧。"于是他在庙外焚香作法，手持七星剑，折腾了一通，最后用剑尖在地上龙飞凤舞写下四个字——出城上路。

就这样，大头和尚、刘翠妞出城去了。他们俩被一辆大车连夜送到城外。道长带了"滑刘"几个人，坐在后面的车上，押送他们。大头和尚身穿灰裤褂、黑芒鞋，身旁站着永远笑嘻嘻的刘翠妞。他们被人用手巾蒙住了眼，为的是不让他们记住回家的路。他们被蒙住眼，脸上还是一脸的笑。大车晃晃悠悠出了城，也不知出的是东门还是西门，他们被蒙着眼，眼前一片漆黑。其实，就是不蒙眼，那也是一个月黑风高夜，杀人放火天。耳边是黄河的涛声，哗哗地拍着岸，他们心里害怕，可脸上还在笑。大车走啊走，走了整一夜，天明来到了一个沙岗子下。人们像卸货一样卸下了他们，把他们扔在沙地上。想想不放心，几个人七手八脚在沙地上刨出一个坑，用黄沙把他们活活掩埋了。

那一晚，我家乡的孩子们跟在大车后面，为朋友送行。他们小小年纪，从没有离别的经验，这是第一次。他们手拉着手，相互从对方身上获得安慰和勇气。他们跟着大车，在城里兜圈子，车还没出城，他们就先迷了路。大人们呵斥着他们，赶他们回家，他们只能远远地跟在后面。大车这是要到哪里去呢？他们伤心地想。大车轱辘辘出了城门，也不知那是南门还是北门。车一出城就快马加鞭朝前赶，他们不敢再往前去了，他们知道城门就要关了，天上没有一颗星，连流萤也不见一只。没有灯火的城外，伸手不见五指。大车无声无息地被这无边的黑暗吞吃了，他们的朋友被黑暗吞吃了。他们又伤心又害怕，就站在城门口，流下了眼泪。

城隍庙里，再也没有那一对好看的金童玉女了。庙殿里那一种亲切的、鲜艳的家常气荡然无存，现在那里变得和所有的庙一样凛然和阴冷。小铜意儿再也不喜欢到这庙殿里去了，那里只能引起他的想念和伤感。

他不知道他们去了哪里，过得好不好。他想，那一定是很远的什么地方，远得让他们迷了路。现在，他连舅舅也有些怨愤起来，因为舅舅也没有帮大头和尚、刘翠妞说一句话。谁也没有帮这两个孩子说一句话就赶走了他们，让他们小小年纪孤苦伶仃流落外乡。他问舅舅："他俩招谁惹谁了？"舅舅回答不出，只好说：

"他们不该出来呀！他们是泥胎呀！""他们出来玩玩又咋了？他们是听了俺的话才出来的呀！"小铜意儿悲伤地喊，觉得是自己害了他们。要不是他总在大头和尚面前炫耀那些孩子们的把戏，炫耀那些把戏多么有趣和快乐，也许，他们还不会动心呢！

城隍庙前的小广场上，照样云集着小吃摊，也照样跑着玩耍的孩子，只不过这热闹已不是那热闹了。这热闹是被挫伤过的，藏了隐痛。渐渐地，小铜意儿、德保这些孩子就从广场上消失了，他们到了念书的年龄，都被送进了塾学里开蒙念书，不再是没笼头的马，也有的孩子进了铺子里当学徒。新一轮孩子补了他们的缺，继承他们的游戏。新一轮孩子玩着官兵捉强盗，玩累了，就从怀里掏出两枚大铜子，往苏丑小的小笸箩里当啷一扔，说道："一碗胡辣汤！"那当啷的声响，是夜晚的音乐。

苏丑小的钱笸箩里，再也没有出现过纸钱，它们全都货真价实，一枚枚大铜子儿，沉甸甸的，躺在筐底，泛着乌光。有时算账的时候，苏丑小将一枚铜钱托在掌中，眯起眼，打量许久，不知为什么他倒有些希望它们在清晨的熹光中变成纸钱，那样他就会知道，那两个被黄沙埋住的泥胎孩子，大头和尚、刘翠妞，还好好地活着。

## 二　血眼龙与女香客

年年正月十五，城隍庙前要耍龙灯。铜意儿的大舅舅是扎龙灯的好手，他用铁丝、竹子扎龙头，上面缠上麻布，再裹上绢、绸或细洋布，然后用彩笔描画出龙的眼睛、嘴、长长的须和龙角，他描画的龙头活灵活现，舞起来，差不多就是一条活龙。

可是，老辈人都说，我家乡画龙画得最好的人是杨三两。杨三两的龙，那是无人可比的，天下第一。铜意儿的大舅舅，他的龙画得再好，也无非就是一个"像"字；可杨三两，他却是能生生地画出一条活龙来啊。

杨三两本是个锡匠，酷爱画画儿，尤爱画

花鸟虫鱼，画出了名气，据说闺阁中的女人都喜欢用他的画做绣样。他的画，无论尺幅大小，润格一律白银三两，人们就送了他"杨三两"的外号。他也并不嫌弃，索性用它题款，竟拿来做了别号，久而久之，他的真名倒不大被人提起了。

杨三两画龙头，却是从不收润笔的。年年正月，"破五"一过，地方上就有人出面请他去画龙。灯节那几日，人山人海，特别是那些平日足不出户的闺阁中的妇女，梳洗打扮了，涌上街头，就为的是看杨三两的龙。杨三两的龙一舞起来，那可真是，天地生辉，把别家的龙全比下去了。他的龙，身上的每一片鳞都是活的，饱满，有腥气，闪着金光，那是龙中的龙，而舞龙的小伙子，个个短打扮，英姿飒爽，则是人中俊杰。这龙和人所到之处，闺阁妇女们的眼睛，就被粘得再也甩不开了。

十五过罢，龙就收在了城隍庙里，待到来年灯节前，再拾掇出来重新描画一番。停放外乡人灵柩的"慕霭堂"边，有一间偏殿，放着城隍爷的銮驾、全套执事，还有舞龙的家什和锣鼓响器。城隍爷的銮驾，平时用不着，只有祈雨时才派得上用场。我家乡百姓们祈雨，就用銮驾，也就是轿子将城隍爷抬出来，掀掉轿顶，让他在太阳下暴晒。

说起来，我家乡开封，守着一条黄河，却是常常遭旱灾。孩子们在饭桌上从小就听熟了一句话，大人们总是说，八十三场好雨，才能换来手里的白馍呀！这"八十三"，原来是说，农历八月、十月和来年三月，这三个月份，各需一场透雨，土地才能保墒，冬小麦才能顺利播种、抽芽、灌浆。"八十三"场好雨，才有这黄河两岸麦浪翻滚的人间美景。

可是这一年，八月过去了，十月也过了，没下过一场透雨，我家乡的父老在焦灼中度过了一个干旱少雪的冬天。人们商量着要在灯节时好好舞一回龙灯，动动响器。"破五"一过，地方上就开始筹划灯节的大事。各家各户捐了钱，准备扎一条新龙。杨三两自然被请来画龙头和点龙睛。我家乡习俗，匠人们画好了龙头，最后两只眼睛，要由最有威望的老人或地方官出面，象征性地点两点，这龙才是一条完美无瑕的龙，只有杨三两的龙，是别人碰不得的，他平生最得意的事，就是为自己的龙"点睛"。

这一年，杨三两已过不惑之年，年轻时做锡匠，染上了肺病。腊月里，旧病复发，咳喘不止，吐了血，病势汹涌。可也有人说，杨三两得的是心病。他喜欢上了一个年轻孀居的小寡妇，那小寡妇，总是差人来买他的花鸟虫鱼做绣样，回家在白绫子上一针一线绣出来，绣得一点不走样。鸟是杨三两的鸟，花是杨三两的花。花和鸟都是活物，花香盈鼻，鸟则会叫，会飞。据说，我家乡的"汴绣"，特别适合绣工笔花鸟人物，小寡妇就是得了"汴绣"的真传。小寡妇将绣好的绣品带给杨三两，托他变卖。杨三两爱不释手，他想，这世上，哪个凡人配使这绝妙的绣品呢？

他自己将这绣品一件一件地买下来，银子托人捎给她。再后来，她来买他的画，他免了润格。杨三两是个狂人，他曾放言，天王老子来买他的画，也是三两价。可他免了她的钱。也是惺惺相惜，这女人竟一针一针绣出了一幅《韩熙载夜宴图》送他！杨三两展开这绣品，惊出一身大汗，心想，神品哪！有感于怀，他连夜在灯下画出一幅《听琴图》来，不用说是高山流水遇知音的意思。这画到了女人手中，不想惹出了麻烦，女人的族人本来就听说了一些风言风语，现在见了这画，倒坐实了流言似的。女人的婆家，虽说潦倒了，却也是个大户望族，容不得这私相传递的丑事，也丢不起这脸，于是，悄悄地，在一个夜晚，叫人砸了杨三两的画堂，打了他个动不得！从此，再也没有了那小寡妇的音讯，杨三两日夜挂念着她，不知她是死是活。

这传闻谁也不知真假，不过，杨三两在这个冬天病疴沉重，却是有目共睹。本来，人病到这份上，照说是不该劳动他的，可事关一城人、一方人的生计大事，杨三两还是拖着病体来到了城隍庙。新龙头已扎好了架子，裹上了绫绢，一见那白绫绢，杨三两眼睛就湿了。他用手抚摸那绫子，眼泪滴在上面，他觉得这世上的绫子都有情有义，和他心有灵犀。它们吃下他的墨和颜料就像吞下他的气血精神，咽下了他的心事。他手握画笔，满心都是柔情，他想，或许，此生中，这是他的最后一条龙了。他已记不清画过多少条龙，可是这却是最后一条。这最后一条，他画得无限缠绵，他一笔笔，一笔笔，都怀了悼亡般的悲痛。那龙渐渐地显了形，露出了它的须角、它的鳞爪、它的口鼻耳目，最后，只剩下了它的眼珠，它还是个瞎子呢！杨三两屏息凝神，用尽毕生的力气，点下去，哦哟哟，刹那间，拨云见日，这哪里是匠人笔下的龙睛，它就是一条活龙的眼睛，幽深、精神，汪着水，可真是一双美目啊！杨三两满意地扔下画笔，不想，一口血喷涌而出，血喷到了那龙的左眼上，登时，成了一只血眼。

那一年灯节，这血眼的龙，真是万人瞩目，为了争看这龙，不少孩子挤丢了鞋，许多铺子也被挤坏了门面。这血眼龙舞到哪里，妇女们就哭到哪里。她们一边看一边哭，她们从没见过这么美、这么神奇、却又这么伤心的龙。她们一看它那只血眼就忍不住流眼泪，它舞得是那么缠绵悲伤，叫她们心里生出怜惜和无尽的爱意。灯节过后不久杨三两就病逝了，这血眼龙是这神奇匠人的绝笔。

画匠死了，血眼龙被收在了城隍庙"慕霭堂"边那间偏殿里，要到明年这个时候它才会重见天日。这一年，虽说新扎了龙灯，大动了响器，可是整整一个三月，还是没下一滴雨。中原的夏季到了，麦子在龟裂的土地上奄奄待毙。人们只好祈雨了，黄河沿岸到处是戴着柳枝，抬着三牲祈雨的队伍。人们头顶骄阳，跪在沙滩上。我家乡的城隍也被惊动了，他坐在被扯掉轿顶的轿子里，和这焦渴的土地一起受难。

一日又一日，没有雨的消息，天空湛蓝，清早起来就是好日头。麦子就快枯焦了，人们天不亮就起来车水、挑水。小孩子们也跟着大人踩水车，把娇嫩的小脚板踩得血肉模糊。城里的妇女，许多人忌了荤腥，吃起了长斋，她们念佛念得口唇都破了，流着血。老人们则忧虑地望着没有一丝浮云的碧空，心里暗想，老天爷这是要收人了。

雨是在一个夜里突然下起来的，事先没有一点征兆，黄昏时，还是一天的晚霞，可是半夜里，忽然间，起了雷声，雷也不是那种炸雷，而是沉沉的、隐隐的、很体己的那种。雨势沉着迅疾，却不算暴烈，反而有着难言的缠绵和隐衷似的，最适合久旱的土地。一城人都醒了，四乡的人都醒了，男人和孩子们窜进雨地里，欢叫着淋雨，女人们则一边念佛一边流泪。到早晨，四乡的人纷纷涌向附近的龙王庙，城里人则来到城隍庙，烧香，谢恩，还愿。

这是一个快乐的早晨，天清气爽，这个早晨，城隍庙的差役发现一桩怪事。那时，城隍庙的差役自然还不是铜意儿的大舅舅，那差役是个孤老头，这孤老头早晨起来，看见"慕霭堂"边那偏殿的窗户破了一个大窟窿，窗棂隔扇断了，窗纸也扯破了，吊在那里，像个破风筝。孤老头心想，耶嗨，莫非是遭了贼？他着急忙慌推门进去一看，只见一切都好好的，所有的东西都好好的，零七碎八，一样不缺，一样不短，独独缺了一条血眼龙！

这一下，我家乡的父老，黄河沿岸四乡的父老才恍然大悟，原来这一场救命的雨，是血眼龙所为，原来杨三两竟活活地画出了一条活龙来！多能的杨三两，多仁义的血眼龙啊！我家乡的父老人人奔走相告，传播着这奇事。可是，血眼龙哪里去了？没人知道，有人说它一定是游进了黄河，顺河而下入了渤海，有人则说它潜进了哪处深潭。人们猜测着它的种种去处，就像是亲眼所见。

七天之后，血眼龙突然出现在了我家乡黄河故道的沙地上。它遍体鳞伤，奄奄待毙。原来，它擅自行雨，触犯了天条，被捉拿到天庭。现在，天罚它到人间来受难了。天要让这条血气方刚、年轻俊美的小龙受尽折磨而死。天罚它死的方法真是闻所未闻，又卑污又龌龊，天要让苍蝇来"蛰死它"。它一身是血，血腥味就像诱饵，顺风千里而去，不一会儿工夫，黄河故道白茫茫的沙地上，成千上万只苍蝇嗡嗡嗡欢唱着飞了来，包围了血眼龙，落脚在它身上，吃它的肉，喝它的血，又吃又喝，吃饱喝足，就在它身上交媾，产下无数粒苍蝇卵。原来，天把这年轻俊美的小龙赐给了苍蝇们做食物和乐园。还不如一刀砍死它哪，还不如砍它千刀万刀哪！俊美的血眼龙困在沙滩上，忍受着苍蝇们的折磨和凌辱，动弹不得，它闭上了眼睛，心想，让我快点死吧，让我快点死吧。

我家乡的父老乡亲被惊动了，他们喊着说："去看血眼龙啊！去看血眼龙啊！"他们扶老携幼，骑马乘车，出城门，朝北，来到沙地上，远远地，就闻到了那一股腥臭，他们看见血眼龙了。天爷哟，这哪里还是灯节上那条神俊的小龙呀，这哪里还是每一片金鳞都美得晃人眼的血眼龙呀，它都被苍蝇糊黑了，像一截烧焦的木头，丢弃在烈日之下，散发着恶臭。人们惊愕地住了脚步，有人一下子蹲在地上呕吐起来，人们害怕了，知道它真是犯了天条，犯了大罪，在受难。我家乡的父老乡亲，都是规矩本分的百姓，哪里敢跟天作对？这一来，受了大大的惊吓，再也不敢上前搭救了。

就在这时，另一群人出了城，朝沙地上来了，朝黄河故道来了。这是一群平日足不出户的闺阁妇女，为首的就是那个娇小、善绣花鸟虫鱼的小寡妇，是那个绣过《韩熙载夜宴图》酬知己的小寡妇。其实，这群妇女中，寡妇占了大多半，她们人人身穿素服，不施脂粉，裤脚扎得紧紧的，可尽管这样打扮还是掩盖不住她们中许多人的天生丽质和娇媚，她们捣着小脚，朝这沙地上急匆匆走来，一人拿把大蒲扇，她们走得大汗淋漓。说实话，她们缠过的足哪里走过这么远的路，可是她们走来了。她们闻见了腥臭，瞧见了黑压压观望的人群，她们分开人群朝前走，穿过沙地，来到受罪的小龙身边。她们一看血眼龙那惨状眼泪就下来了，她们心疼地跪下来，把它怜惜地围在中间，它忽然睁开了眼睛，天爷呀，她们看见了一双怎样的美目啊！她们看见了一只怎样伤心欲绝的血眼哪！这美目和血眼曾经让她们那样痴迷、喜爱和伤心。她们没有白喜爱它一场，它仁义地、缠绵地报答了她们的爱意和怜惜，它拯救了她们的家园，它实在是重情重义啊，为此，它将要付出它的生命，还有它的俊美。

我家乡的女人们愤怒了，她们想，它可以死，可它不能死得这么脏、这么丑！它活着是一个美生灵，死也是一个美生灵！她们要让这美生灵死得干净，走得清白。娇小的小寡妇带头揩去了眼泪，她说："嫂子们，大姐、大妹子，咱还等啥？给它轰啊！"她举起手里的大蒲扇，"呼"地就是一扇子，就像看到号令一般，她们都举起了蒲扇，一扇子下去，哦哟哟，了不得，苍蝇"轰"地飞起来，霎时间，天都被它们遮黑了。这一下，远处观望的人群吓得变了脸，他们想，造孽呀，天怒了！他们抱头就跑，一时间，人喊马叫，乱成了一锅粥，不大工夫，沙地上就成了狼藉的空场。

只剩下了她们，我家乡有情有义的姐妹，还有受难的血眼龙。她们不会丢下它。她们一扇子接一扇子，那风使苍蝇再也无法在美味的龙身上下脚。苍蝇们生气了，开始从她们身后围剿这些女人，好肥大的绿头苍蝇哟，也不知道有几千几万只，像下雨一样簌簌簌落在了她们头发上、脸上、耳朵眼里，落在了她们背上、衣服上、鞋袜上，她们变成了苍蝇人了！她们变成了黢黑黢黑的苍蝇人也顾不得自己，她们攉啊，还是不住手地扇啊扇，就是不让苍蝇在血眼龙身上站脚。她们的脸都被苍蝇糊严了，只剩下了眼睛，那眼睛里满是对这少年般的美生灵的悲悯。更多的苍蝇乌压压飞过来，加入这吞噬和围剿，苍蝇们前仆后继，她们则不屈不挠。她们坐在滚热滚热的沙地上，就像蓬草生了根。太阳西斜了，坠落了，月亮上来了，又下去了，这一场人与苍蝇的鏖战，直战了三天三夜！姐妹们手腕肿成了白薯，胳膊像灌了铅，蒲扇也分崩离析，散了架。第四个早晨来到了，这第四个早晨，来得真是艰难，他们已经使尽了气力，精疲力竭，倒下去了。第一个倒下去的是娇小的小寡妇，她倒下去，身子还扑在血眼龙身上，她们一个个扑倒在血眼龙身上，用她们的身体为它做最后的遮挡。她们再也没有别的办法了，她们想，苍蝇啊，要吃，就先把俺们吃了吧。

就在这时，隆隆地，天上起了雷声，眨眼工夫，乌云密布，遮住了太阳，只见狂风大作，黄沙迷了人的眼，奇迹就是在这时发生了，千万只苍蝇霎时没了踪影，咔嚓嚓一声大炸雷，炸得山摇地动，河水倒流。暴雨说话间倾盆而下，下白了天。白茫茫的暴雨中，倒下去的女人们，她们被烈日榨干的身体拼命吸吮着雨水，慢慢饱满、柔软。她们醒过来时，暴雨过去了，乌云散尽了，被暴雨洗净的天空蓝得那么仁慈和清澈，那才是至善的天空。再看看四周，沙地黄灿灿的，干净、空旷、湿润，多么静谧和平。不见了遮天蔽日的苍蝇，也不见了受难的血眼龙。龙腾身而去了，上天宽赦了这年轻善良的小龙，上天被女人们坚韧的爱意感动了。女人们跪在沙地上，仰起头，看见了那美景：她们看见了一道彩虹，七色的彩虹，像天空突然吐露的肺腑之言，妖娆、缠绵、多情地俯看着大地和人间，女人们知道，那是俊美的血眼龙在和她们告别。

从此，每逢初一和十五，这一群女人就相约到我家乡的城隍庙——血眼龙的诞生之地——烧香，月月、岁岁、年年，从无间断，一直到死。我家乡的人就把她们，还有，后来和她们一样的女人们，称作女香客。

## 三 还是女香客

团圆媳的头发长出来了，起初短短的，像茅草地。为了遮丑，她总是戴一顶老太太们戴的无顶的黑帽兜，出来进去低着头，扎着裤脚，看上去十足就是个小老太太。

团圆媳其实也有名有姓，可谁也不叫她的名儿。铜意儿叫她"嗨"，铜意儿姥姥叫她"大妞"，铜意儿娘则称她为"妹子"，而大舅舅呢，则什么也不叫。

全家人，只有铜意儿的小舅舅，为称呼这团圆媳的事情发愁。

照说，他该叫这团圆媳"嫂子"，可毕竟她和哥哥还没圆房，再说，她比他还年纪小，就是将来圆房了，叫嫂子也别扭。他当然更不能叫她"妹子"，索性也学铜意儿，叫她"嗨"。

团圆媳很勤快，从早到晚，手不拾闲，可还是要挨婆婆的骂。做饭时，婆婆烙"烙馍"，她在灶下拉风箱，添柴烧火。火大了，婆婆的小擀面杖"梆"地就敲到了她头上，火小了，又是"梆"地一下子，好像她的头不是头，是羊皮鼓或者铜锣。

挨了打，她不哭也不叫，缩着脖，呼塌呼塌拉风箱。时间长了，她就养成了缩脖子的习惯，好像时刻准备着让人梆她的头。她还总是耷拉着眉毛和嘴角，一副受屈的样儿，让她婆婆百般看不顺眼，骂她说："谁欠你八百钱哪？"

铜意儿姥姥家不富裕，他姥爷活着时在一家绸缎庄当二掌柜，挣下了这处院子，小小巧巧，严严整整，里外两进，前院种着石榴，后院栽着榆、槐，可惜这院子置下不久他姥爷就得急病去了，留下孤儿寡母，靠一点积蓄过日子。为了贴补家用，姥姥常揽一些活计做：洗衣服、拆被褥、缝缝连连，或者给人绣鞋面。有了团圆媳，洗洗连连的粗事，就成了团圆媳的，她自己则只管描花绣朵。铜意儿姥姥年轻时手很巧，是绣花的好手，如今老了，眼神不济了，可那针法是熟透了的，街坊四邻，有嫁闺女娶媳妇的，或是给老人做寿衣，还是要来求她绣东西。

团圆媳就常常到河边洗衣服，那河叫惠济河，不知从哪里流来，也不知流向哪去，也许它要流向汴水吧。而汴水则要流经一个叫"瓜州"的地方。"汴水流，泗水流，流到瓜州古渡头。"瓜州在哪里呢？团圆媳不知道这些，她眯着眼睛看河水，眼光很温柔。夕阳落进了河里，河水一片金红，好像那夕阳粉身碎骨了。她就想，太阳啊，你也有想不开的事儿呀？你也觉得日子没奔头呀？这么想着，她就觉得有点鼻酸。

大舅舅从城隍庙回家来，有时装作顺路买

东西的样子来到河边，想帮团圆媳把装满湿衣服的柳条篮子擓回家。河沿上洗衣服的女人们就打趣他，"耶嗨，知道心疼小媳妇呀！"他脸皮薄，受不住女人们的打趣，也不敢去擓篮子，落荒而逃。这一逃，那腿就瘸得越发厉害，身子左晃右摆，那样子啊，真是不受看。团圆媳涨红了脸，羞得不敢抬眼睛，心里想，天爷呀！

　　小舅舅倒真是顺路。小舅舅在一家中药铺里当学徒，十天半月回次家。从药铺回家来，必定路过惠济河，有时碰得巧，赶上了，就帮团圆媳把湿衣服擓回去。他擓着篮子在前边走，团圆媳隔两三丈远跟在身后，叫街上玩耍的小孩子看见了，就喊叫起来，说："新郎官，走前头，新媳妇，扭扭答答跟后头，丈人家住在驴肉汤锅铺里头！"小舅舅听见了，就装没听见。

　　冬天，惠济河结了冰，团圆媳就用棒槌砸开冰棱洗衣服。十冬腊月，河水寒彻刺骨，手一浸进去，就像万根钢针扎，慢慢地，就冻木了，棒槌也握不住。一冬天下来，她的手总是红肿着，十个手指头肿成了红萝卜，裂着无数血口子，生了冻疮。大舅舅看着很心疼，可是不好意思说什么，小舅舅看不过眼去，就从学徒的中药铺里抓来了冬青叶、野菊花几味草药，用草纸包了带回家，对他娘说：

"冬青叶煮水治冻疮，灵得很，让她煮了洗手吧。"

他娘说："耶！我年年下河洗衣服，哪年不长冻疮？也没见你们爷几个谁放过个屁！她的手就那主贵？"

他娘骂过了，把那草药包撂一边，到晚上，却还是煮了冬青水，让团圆媳泡手。屋子里暗沉沉的，一灯如豆，铜盆里的水，冒出温暖而湿润的白气，水中漂浮着一小朵一小朵野白菊。团圆媳两只手慢慢浸进去，麻簌簌的，又疼又痒，热气熏着她的眼，熏出了眼泪。她婆婆在一边叹口气，"妞儿啊，你也别埋怨，人谁不是这么过来的？我嫁到他们老孙家三十年，哪一年冬天不下河沿，在冰窟窿里洗衣裳？"她摇摇头伤感起来，"这人哪，说起来和鸡一样，两只手刨食吃的命，谁让咱托生成个人呢？”

团圆媳垂着头，默默流着泪，享受着这温暖的、芳香的时刻。她觉得两只手酥软了，软得没了筋骨，软得就像水草。她整个人也软下来，软成流沙和泥土，有什么东西悄悄破土而出了。

冬去春来，好像一眨眼工夫，团圆媳长出了一头乌油油的好头发。她摘掉了老太太的黑帽兜，在脑后梳起了独辫子，辫梢上的红头绳鲜艳而妖娆。那辫子虽说还不够长，可它像冬麦一样吸吮着天地的精华，迎风拔节。她出来进去不再缩头缩脑，原来她竟有一个长长的美人颈！那脸也渐渐看出了形状，是一张俊俏的鹅蛋脸。要不了两年，这团圆媳就将像蝉蜕一样脱颖而出，出落成一个明艳的新人。这一天就要到来了，它已经露出了曙色和霞光。现在，她脱下了笨重的冬衣，擓着柳条篮到河沿上洗衣裳，女人们看见了眼前一亮，就说：“耶嗨！想不到三寸丁瘊子还怪有艳福啊！”

河沿上的女人见多识广，什么奇事没见过？团圆媳渐渐喜欢上了在河沿上洗衣裳，看风景。有时看人吹吹打打，娶亲迎亲；有时也看人吹吹打打，出殡发丧。看见过从北边过来贩货的骆驼队，也看见南边过来化缘的和尚，还看见过那些发愿、许愿的孝子们，十冬腊月，穿单衣，赤巴脚，套草鞋，或是五黄六月天，捂着大棉袄，一路高喊着："阿——弥陀佛！"或者是"无——量寿佛！"从河沿下的大路上走过去。女人们听见喊"阿——弥陀佛"，就说："哦，是爹病了。"听见喊"无——量寿佛"，就说："啊，是娘病了。"团圆媳不知道这其间的奥秘，就问身旁的大嫂。谁知大嫂回答说："嗨，俺也不知道呀！老辈就这么喊嘛。"于是团圆媳也不再追究，再听见人家喊"无——量寿佛！"也恍然大悟地说道："啊，是娘病了。"

有时还会看见一群女人，结伴出城或是进城，擓着篮子，篮子上苫着红布。河沿上的女人们就说："嘿，快看，女香客！"初一、十五、佛祖的生日，或是哪个庙的道场，她们就赶去进香。她们吃长斋，神情沉默而谦和。她们大多是小脚的女人，梳着光溜溜的小纂儿，紧紧裹着裤腿，黑鞋面上总是蒙着黄尘。她们捣着结实的小脚远远走过来，洗衣的女人们就敛了声息。五黄六月天，她们身上好像也有很重的阴气，她们从团圆媳身后经过，团圆媳就觉得后脊背蹿上一阵阵凉气。洗衣的女人们告诉团圆媳，那都是一些青春丧偶的寡妇，团圆媳长吁一口气，心想，妈耶，怪不得。

　　后来团圆媳听说了杨三两、小寡妇，还有血眼龙的故事，听说了小寡妇是怎样舍命搭救血眼龙的奇事。再看见那些女香客，她就从中寻找奇事的影子，她想，哪个人是那个娇俏的小寡妇呢？看来看去，哪个人也不像。她问洗衣的大嫂，谁亲眼见过小寡妇，到底怎么个好看。大嫂们就笑了，说，嗨，哪辈子的事了，再好看的女人，早也化了灰。团圆媳眯起眼睛，望着她们渐行渐远的身影，觉得这群人真是怪奇怪，人人能豁命！不过，也难怪，她们都是些寡妇啊!

现在,团圆媳已经做得一手好饭菜,那烙馍烙得呀,一张张薄得像纸,馍上的火花也十分匀净。绿豆芽、黄豆芽,用花椒油爆炒出来,一根根支棱着,又脆又香,卷到烙馍里,那滋味妙不可言。铜意儿一口气能吃下十几张去。团圆媳蒸"菜蟒",也是透亮的皮,里面的韭菜绿莹莹的,盘在蒸笼里,一掀笼盖,香气扑鼻,那颜色真是漂亮啊,绿得真像那种叫作"竹叶青"的小青蛇,是名副其实的"菜蟒"。团圆媳把这样的饭食拾到笸箩里,上面盖上干净的笼布,往饭桌上沉着地、快乐地一墩,心想,看你还能挑出我啥毛病。

婆婆瞟她一眼,尝一口,说:"家有万贯,不点双灯,放恁多油,明个还过不过了?"要不就说:"打死卖盐的了。"铜意儿就在一边说:"咦,姥姥,你张开嘴,让俺看看你的舌头,咋和俺们都不一样?"大家都笑了,他姥姥说:"孬孙!"现在,铜意儿有些喜欢团圆媳了,至少他喜欢吃团圆媳做的饭,觉得比娘、比姥姥做的饭菜都好吃。

铜意儿上学后，有了一个学名，叫赵庭芳，是先生给起的。可家里人还是习惯叫他铜意儿、铜意儿的。铜意儿长高了，贪吃，却很瘦，不像小时候那么爱淘气。他静了许多，也再不去城隍庙里找大舅舅玩，那是他的伤心之地，碰不得的。大舅舅还在庙里当差打杂，因为还没有和团圆媳圆房，仍然一个人住在庙后院那小偏厦里，冬天，在炭盆里埋两块白薯，不为吃，为的是闻那一股香味儿。有时，则在炭盆里埋进几块金灿灿的橘子皮，那橘皮的香味就更长久，可陪伴他渡过冬天的漫漫长夜。眼看着，圆房的日子越来越近了，他却越来越有心事。

团圆媳一天天地艳丽如花，那是让他承受不起的娇艳。她清亮的眼睛，从来不看他一眼。她看花，看树，看天上的朝云、晚霞，看夜空的流萤和星河，看温暖的惠济河水和河边的垂柳，看雪后的黄河，看那些所有好看的东西，就是不看他。她的眼睛太贪恋世间的美色，容不得一粒沙子。她看他迎面走来时，总是忙不迭垂下眼皮，怕那难看的走姿伤了她的眼，她太爱惜她的眼睛了！她为他盛汤添饭，接碗时若是不小心碰了他的手，她就像碰了蜥蜴或者长虫似的一颤，起一身鸡皮疙瘩。这个家里，再没有谁，比他更清楚地看出了她的厌恶，这个女人，她要和他过一辈子，要和他吃一锅饭，枕一个枕头，可她却这么见不得他！

铜意儿的小舅舅如今出徒了，做了乐仁堂药铺里的伙计，每天用小戥子给人抓药，出来进去，身上总是有一股草药味儿。那草药香从他的指尖慢慢渗进了他骨子里，使他变成了一个儒雅俊逸的人。他的长衫总是洗得干干净净，浆得服服帖帖，他的白布袜总是补得平平整整，一点儿也不硌脚，他荷包上的绣花，总是清雅的样式，一束兰草，或是一枝桂花，很配他的人。那都是团圆媳的功劳。团圆媳喜欢做锦上添花的事，她愿意让俊美的人更俊美。那是她的天性，她爱这世间赏心悦目的事物。

小舅舅生在八月，所以起名叫桂生。桂生出徒后就常住在家里，他爱吃团圆媳做的饭，他觉着吃惯了团圆媳的饭，再吃别人的饭就像猪食一样难以下咽。他也爱看团圆媳忙里忙外做活计的样子，那让他踏实、快乐。他习惯了进门就有把热毛巾擦脸，有一杯可口的香茶解乏。他还很恋他的床铺，被褥永远拆洗得干干净净，上面一股好闻的河水和太阳味儿。逢到端阳、除夕，那床铺上，不是有双新绱好的千层底布鞋，鞋底涂了桐油，就是有双新布袜，而到八月他的生日，则是一只新荷包，上面绣着清雅幽静的花样。

这一年，他收到的荷包上，绣的是桂花和玉兔，荷包是宝蓝色的碎缎子，那是最静的夜空的颜色。这荷包真是让桂生心生欢喜，觉得是他见过的最好看、最清雅的绣品。他爱惜地拴在腰里，觉得那小玉兔一下一下拱他的腰，活了似的，又痒又柔软。几天后就将是八月节，他得空到鼓楼街大布店里，扯了一段新款式的杭绸，桃红底上面隐隐起着同色的暗花。这娇艳的颜色，真是非她莫属啊，谁还配穿这天边云彩般的颜色呢？可怎么给她好呢？这叫他犯了愁。他想来想去，结果又跑到布店里，扯了一段灰绸子，他当着娘的面，把灰绸子给了娘，把杭绸给了她，眼睛望着娘，说：

"过节了，做件夹袄穿吧。"

他娘说："耶，桂生啊，过个八月节，做啥新衣服？有钱也不能瞎花呀，还得留给你娶媳妇呢。"

"娶媳妇"这三个字，让他感到一阵茫然，是啊，那不是他的媳妇，这和他一块儿长大的青梅竹马、知冷知热的女人，永远不会是他的媳妇。从前，他替她挎着装了湿衣服的竹篮，从河边一路走回家，落山的太阳把他俩染成金色，孩子们唱着歌谣，说："新郎官，走前头，新媳妇，扭扭答答跟后头。"可她永远、永远不会做他的新媳妇。这么想着，他心里一绞。

八月节就要到了，团圆媳忙里忙外，可谁都能看出她心里的快乐。她眼睛比往常更明亮，春水一般，起着阵阵涟漪，好像有鱼在里面欢快地摆尾打挺。她大辫子松松地垂在脑后，鬓角毛毛的，还有一点收束不住地放浪劲儿。她扎着围裙，手里拿一把菜刀，在院子里杀鸡，先是把鸡撵得满院子飞，好容易捉住了，嘴里却念念有词：

> 小鸡小鸡你别怪，
> 你是阳间一道菜，
> 不怨你，不怨我，
> 怨你主家卖给我。

她念得情真意切又理直气壮，把自己撇清了，手起刀落，一撒手，扑棱棱一声，鸡跳着脚蹿上了屋顶，在瓦楞上凄厉无比地惨叫。院子里留下了点点血迹，像散落的桃花瓣。她掂着菜刀，惊得目瞪口呆，一回头，看见了房檐下站着桂生，她无可奈何地笑了，说道："不中，俺下不了狠手。"

那鸡最后当然还是变成了一道菜，让人给杀了，是桂生杀的。八月十五的饭桌上，就有了鸡肉吃。团圆媳给他们做了黄焖鸡，她把鸡肉剁成块，裹上面粉，先在油锅里炸了，然后再兑上各种作料上笼蒸，十分入味。这一天，家人都聚齐了，大舅舅、小舅舅，还有铜意儿和他娘。铜意儿他爹在山西人开的票号里做事，长年不回家，所以他和娘也就把姥姥家当自己家。这一天，饭桌就摆在当院里，为的是看月亮。女人们先焚香拜月，然后男人们才团团入座。饭菜摆了一桌子，还有烫好的黄酒，月饼则摆在盘子里，垒成宝塔状，散发着油香和桂花香，也是团圆媳的手艺。这一天，连团圆媳也破例被婆婆招呼上了桌，真是皆大欢喜的团圆宴。团圆媳上了桌也坐不稳当，一会儿给这个斟酒，一会儿给那个添汤盛饭。她很少动筷子，可她眼睛里流淌着满足和快乐，那快乐溢出来，悄悄地溢了满脸满身。她望着月光下这满满一桌人，温暖地想，他们都是我的亲人，我这辈子要好好待他们。"亲人"这字眼，一时间竟差点儿让她流出泪来。

黄焖鸡满满一大碗，摆在桌子正中，可大部分都进了铜意儿的嘴里，他面前的骨头最多，也吮得最干净，连一根筋也剩不下，小一些的骨头都蒸酥了，被他结实的牙齿嚼得咯嘣咯嘣响，那声音听起来真是美妙诱人，叫人想起遥远的亲爱的时光。姥姥笑着说："我年轻的时候，牙口也这么好，小胡桃在嘴里咬得咯嘣嘣、咯嘣嘣的。"大家都笑了。铜意儿一仰脸，说："哎！给我盛一碗汤，我吃咸了。"

姥姥就说："你叫谁呢？哎、哎的，没大没小。往后啊，该改改口了，叫妗子！"姥姥说着把眼睛转向了大舅舅，"富生啊，我和你姐，把日子看好了，九月十六是好日子，把你们的事办了吧！"

富生呆住了，桂生也一下子抬起脸，他觉得心都要不跳了。姥姥没有留意这兄弟两人可疑的脸色，自顾自说下去，"圆房嘛，虽说不用太张扬，可也是一辈子的事，也是你们爹下世后咱家第一桩喜事，你们的爹会享福，他一伸腿走了，把你们姐仨撂给我，我也算对得起他。这酒席总置两桌，亲戚街坊喝杯喜酒。银姐呀，你是个'全福人'，过两天就来给他们缝被窝，再带大妞儿去打件银首饰，大妞儿，

大妞儿，你听见没？"

团圆媳慢慢抬起头，他们都看见了她的脸，八月十五的好月亮，照得她没处躲，也没处藏。那脸白得像面具，一滴血也没有了。她的血在倒流，血顺着她的脚汩汩地、汩汩地流出去，像条断头河，流进了地底。地如在摇晃，晃得她坐不稳。她听见婆婆在叫她，一声声地，像叫魂儿。她的魂大概是飞走了，她的魂像嫦娥一样投奔月亮去了，这个让人寒心的人间哪！她的嘴唇一阵一阵哆嗦，发不出声，那样子叫桂生心如刀割。

一个美好的相亲相爱的团圆夜毁掉了。这一晚，桂生酩酊大醉，富生也醉了。女人们吃罢饭先离了席，兄弟两人在月下对饮，最后醉成了两摊泥，先还又哭又笑，说着醉话。桂生说："富生啊，富生啊，你哪儿来这么大福分？你的福比天还大呀！"富生说："桂生啊，兄弟啊，你说这话不亏心？我不要我这天大的福，我情愿跟你换，你换不换？啊？你换不换？"他用拳头咚咚地捶着自己的残腿，泪流满面。

铜意儿吓坏了，去拽大舅舅的手，不想叫大舅舅一把搂住，抱在了怀里，哭着说："铜意儿，铜意儿，大舅丢东西了，大舅丢了件宝贝，孩儿啊，你帮大舅去找找吧！"

　　团圆媳一个人回了屋，关上房门，再也听不见前边院里的动静。她从柜子里，取出桂生送她的衣料。活了这么大，十八年来，这是第一次有人送她礼物。桃红的杭绸，多么尊贵，多么柔软，多么明艳，她展在床上，用手轻轻摩挲，她的手就像埋进了四月仁爱的河水里。在这之前，她不知已经这样温存地、喜悦地摩挲了它多少遍，它是她实实在在的一个梦想，看得见，摸得着，藏得住。她望着它凄然一笑，眼泪一滴一滴滴下来，滴在绸子上，沾了泪的绸子，颜色变深了，一大点一大点，像斑斑的血痕。团圆媳安静地流了一会儿眼泪，回身从针线笸箩里拿起剪子，她要动手裁这衣料了，要为自己缝一件新衣。长这么大，活了十八年，团圆媳穿的都是粗布衣裳，补丁摞补丁，现在，她要为自己缝一件绫罗绸缎的新装。

她量尺寸，打粉线，俯下身，把粉线叼起来，牙一松，噗的一声响，荡起小小一缕烟。她咔嚓咔嚓下剪子，张小泉的剪刀，刀锋雪亮，剪得又狠又解气。灯苗一跳一跳，像只飞虫，忽明忽暗，可是她不怕，她十八岁的眼睛，穿针引线，再细的针鼻也难不住她。她手在绸子上飞，针如行云流水，缝得酣畅淋漓。灯油熬干了，灯焰最后伤心地跳了几跳，灭了，而天边却已露出了曙色，窗纸发白了。

这一天，她没出屋，马不停蹄，赶着给自己做夹袄。她烧熨斗，打糨糊，挽扣拌，下手如飞。她心里催自己，快呀，快呀，要不来不及了。来不及什么？她不知道，只觉得有件要紧的事情，在前边等着她。她得风雨兼程赶着去。桂生酒醒了，富生也酒醒了，兄弟两人照了面，脸色讪讪地。桂生叫了一声"哥"，富生宽厚地笑笑，没说话，兄弟两人相跟着出了院门，各奔东西，一个往城隍庙，一个去药铺，心里都种了芥蒂。太阳升高了，又落下，又一个黄昏来临了，比起前一个黄昏，这个黄昏要清静得多，除了团圆媳和婆婆，家里再没别人。团圆媳她缝完了最后一针线，大功告成了。那夹袄，领口、袖口、衣襟，勾了黑色的云纹，黑色压着桃红，黑云滚滚，可那红反而更妖艳，透出冲天一怒的杀气和豪气，她静静打量着那新夹袄，脊梁骨一阵一阵发凉。

　　日子在飞逝，九月十六迈着长腿，朝他们走来，那样子就像个没心没肺的顽童，又像个要挟的无赖。现在，富生一天到晚不着家，圆房的事，不闻不问，任凭娘和姐姐去料理。自从八月十五之后，这家里，就很少看到这兄弟两人的影子，桂生也借故搬到药铺子里去住了。这一天，他回家取东西，在后院里和团圆媳照了面，两人都大吃一惊。他们俩十几天不见，都瘦尖了下巴。他们眼睛碰眼睛，碰上了，轰一下，像遭了雷劈。作孽啊，那是碰不得的啊。她嘴唇哆嗦得像枯叶，站也站不稳，抽身要走，他慌忙叫住了她，他说："哎——"

　　她站住了，回过头，对他说：

　　"在家里，俺娘叫俺……粉桃。"

粉桃！这名字好艳情，好水灵！他张了几次嘴，却叫不出声，他让泪哽住了。她的泪也流下来，流了一脸，她都快把"粉桃"这名字给忘了。多少个没名没姓的日子像黄土一样把"粉桃"这名字埋住了。现在它钻出了土，它从团圆媳的躯体中拱出来，好大好肥美的树仙桃！他一阵心酸，她更心酸，她望着他，忽然冲口说出一句：

"你带俺跑吧。"

说出这句话，她一下子知道了，这些天她等着的那件大事，那件要紧的事，原来就是这个。她等的就是这个"跑"，她风雨兼程要追赶的就是这个不要脸的"跑"字，她一下子豁然开朗，她横下了心，一咬牙，又说一遍：

"你带俺跑吧，俺死活是你的人哩！"

桂生变了脸。他让这个"跑"字惊呆了，他惊得心惊胆战，目瞪口呆，半晌缓不过神。她真是大胆啊，她真是个能豁命的女人啊。可是"跑"这种忤逆的事，他还从来、从来都不曾想过，他张口结舌，半晌，挣出一句：

"咱跑了，俺可怜的哥咋活？还有俺娘。"

她笑了，她说："是啊，他们咋活？"她泪如雨下，望着桂生，说："那俺咋活？你咋活？哥。"这一声"哥"叫得桂生心都碎了，他泣不成声，他说："粉桃啊，妹子啊，咱们俩等来世吧！"说完这话，他一捂脸，跌跌撞撞跑出了院门。

太阳落山了，梁上燕子归巢了，团圆媳收了泪，不哭了。她哭够了。自从来到他们家，她还没这么痛快地哭过，她觉得心都哭得敞亮了，天高地阔，万里无云了。她来到灶房，舀水洗了把脸。锅里水开了，咯嗒嗒的，等她下面条。面条早已擀好了，码在秫秸编的锅拍子上，那面条一根根又细又薄，婆婆总爱对她念叨做面条的口诀，说是"擀薄切仄（窄），多待俩客"。那是婆婆勤俭持家众多律条中的一条。案板上，茄丝炝好了锅，里面炝了不少花椒和蒜瓣，闻着很香。团圆媳三下五除二，一锅香喷喷的茄丝汤面做好了。那是桂生爱吃的晚饭，团圆媳想着，心里又是一绞。

这一天，男人们没回家，饭桌上，除了这婆媳俩，就是铜意儿和他娘。银姐问团圆媳："你眼睛咋了？"团圆媳回答说："不咋，刚才烧锅，迷了。"银姐心里犯了疑，银姐是个明眼人，那天八月节，她把那兄弟两人的醉态看了个明明白白，看得她心里直哆嗦。她暗想，天爷呀，菩萨呀，这可如何是好啊？她心惊肉跳，一头是她嫡亲的大兄弟，一头是她嫡亲的小兄弟，手心手背，都是她的骨肉手足，让她怨哪一个？要怨也只能怨这狐狸精，如若不是狐狸，哪能让这一家子两兄弟都迷了心窍？乱了伦常？狐狸精呀，狐狸精呀！她恨得牙根痒痒，可又是谁把这狐狸精引进家门的呢？是她自己呀。

她担了很重的心事，风吹草动都叫她心惊，她怕进娘家的门，又不能不进，结果她反倒赖在了娘家不走了。她替兄弟拾掇新房，缝被褥，两只耳朵却像狗耳朵似的日夜竖着，捕捉着这家里任何一点风吹草动。她不盼别的，只盼日子长腿，一迈，迈到九月十六那一天，平

平安安圆了房，她还恨不得让天狗把其他日子
一口吞吃掉，就剩九月十六这一天。她等九月
十六那一天，真是等也等不及了，就像久旱盼
甘霖一样望穿了眼。

这一夜，她带着铜意儿就歇在娘家。她留
意着团圆媳的动静，见她吃罢饭，刷了锅，脸
色很平和。她还一口气喝了两大海碗汤面条，
把香油咸菜咬得咯嘣嘣响，这也叫银姐放了些
心。临睡前，银姐又借故到她屋里绕了一遭儿，
见她在灯下，正给铜意儿缝笔套，那笔套是铜
意儿求她缝的。其实，铜意儿并不缺笔套使，
可就是想用团圆媳给缝的，好像她手上有蜜。看
来，狐狸精就是狐狸精呀，是男的，无论老幼，
都喜欢那骚味。

团圆媳在笔套上，绣了一只玉如意，那玉
如意绣得玲珑剔透，没有一点瑕疵，让她自己
看着都爱不释手。这要谢谢婆婆，是她教给了
她一手好绣活。她抚摸着那如意，觉得岁月像
水一样从她指缝间流，她心里一阵难过，觉得
有点对不住婆婆。可是晚了，九头牛也拉不回

她了。她打开柜子，取出她的新夹袄，哗地一抖，好鲜亮啊，桃红的一片云，晃得她眼泪都出来了。她换上了新衣裳，照照镜子，她想看一眼穿新衣的自己是个啥模样。她看见了如霞似锦的一个美人儿，她想，真是人靠衣裳马靠鞍哪，她还想起一句话，就是：好马配好鞍，好女配好男。她是个好女，鲜灵灵，水汪汪，没有一点瑕疵的好女啊。这辈子，她和她的好男人错过了，他告诉她："粉桃啊，咱们俩，等来世吧。"好啊，那她就不要今世了，她宁可舍了今世，到来生去等他，她要穿上这件他送她的衣服，等他们来生再见时，好让他一眼就认出她……

她穿戴整齐，下地，朝北，恭恭敬敬磕了三个头，给天地、给生他的爹娘、给养她的婆婆，然后她取出一条汗巾，把一只方凳架在八仙桌上，她踩上去，最后说："桂生，走千山过万水，我在来世等你！"说完就把自己交出去了。

这时，突然地起了三声更鼓。熟睡的铜

意儿一激灵坐起来，他隐约听到有人在耳边喊他，铜意儿，铜意儿，好像是久违的刘翠妞的声音，小强盗婆的声音。他一下子跳下了地，出了屋，跟着那声音，穿过黑漆漆的院子，做梦似的推开一扇屋门，刘翠妞！他想喊，可是哪里有刘翠妞的影子！灯苗忽悠忽悠一阵晃，只见一个人，忽悠忽悠吊在房梁上。他"嗷"地尖叫一声，吓出一身冷汗，醒过神，他扑上去抱住她的腿，朝上举，浑身发抖，不停尖叫，尖叫声把街坊四邻都惊醒了，尖叫声终于引来了娘和姥姥，铜意儿一见娘和姥姥，眼一黑，就晕过去了。

团圆媳被救下了，可是另一个人却死了。这家里，大约注定要遭逢一桩丧事。这世上，最无辜、最善良、最亲的一个人，在团圆媳得救的第二天，离开了人间。团圆媳寻死觅活，使这人伤心不已。他想，我就这么不招她待见啊？他又想，妥了，成全了他们吧。这么一想，他才猛醒，原来，这念头在他心里藏了不是一天两天，捂了不是一天两天，都捂得发了芽。

这念头就像一条蛇，缠着他身子，叫他日夜不得安生。妥了，成全了他们吧！这最后的一锤定音，让他一下子轻松下来，好像他卡住了那蛇的七寸。他想，没啥舍不得的了，我该上路了。他又赌气地想，我可不能在你们眼皮子底下上路，走也走不痛快！这个早晨，天清气爽，是中原，是我家乡最美的秋天的早晨，铜意儿的大舅舅，洗了脸，梳了头，辫子打得光溜溜，出发了。他一瘸一拐，摇摆着小身子，朝城外走。他走的这条路，若干若干年后，我也要走。那是通往黄河、通往柳园渡的大路。若干若干年后，我骑着自行车，和一帮朋友呼啸着去看黄河，就是在那一次，我见到了大片大片的苇田，我有生以来第一次在黄河里乘了渡船，我们还在河岸边点起篝火煮鱼汤喝，黄河上，明月初升的美景让我终生难忘。那同样也是一个秋天，铜意儿的大舅富生最后一次听到了大雁的叫声，他还看到了落叶像蝴蝶一样坠向地面，农人们在苇田里割苇子，那是很遭罪的一件农活。割下来的苇子，打成捆，驮回去，晒干了，可以拢火，当柴烧，也可以编成苇席卖。富生一瘸一拐地走，虽说已是秋凉九月，可还是走出一身汗。太阳越升越高，官道上，有了车马，有了人烟。有个人迎面走来，身后跟着个小小子，模样有些像铜意儿，看样子像是串亲戚，穿着簇新的大褂儿。富生眼一热，眼泪流下来。他流着泪朝前走，闻到了河腥气。河腥气越来越重，渐渐地笼罩了一切。

渡口停着一只摆渡的大船，飞着成群的苍蝇。富生曾经梦想过，有一天，他带着团圆媳，乘舟、坐船，去她的家乡孟津走亲戚，看老泰山。团圆媳开了脸，梳着俏皮的小纂儿，身子被太阳晒得暄腾腾，怀里抱着他们的儿。他望着浩浩荡荡洒满阳光的河面，想起这梦想。他摇摇头，说："桂生啊，哥成全你们了。"然后他就像鱼一样飞身投进了滔滔的河水。

有一年，我家乡的火药厂爆炸了。不知道那是哪一年哪一日，哪一年哪一日其实也并不重要。我家乡的火药厂，建于何时，何人所建，生产什么，这些也并不重要。我只知道，它发生过一次大爆炸，那一次大爆炸，可谓惊天动地，人们纷纷说，我家乡开封被这爆炸炸得沉陷了。那最高的建筑——铁塔，就是这城市的标尺。爆炸过后，城外的黄河本来就已是一条悬河，现在，它的高度已经可以淹没铁塔的塔尖，只要风吹草动，只要堤坝开一个小小的缺口，整个开封城就会城毁人灭。

可是，黄河的汛期说到就到了。一连几天，天降大雨，大雨把天地都下黑了。城里城外，人们忧心忡忡，人人睁着眼睛睡觉，青壮年们都上了河堤，垒石，抬土，筑坝。人们敲着锣，守在坝上，发布有关洪水的讯息。这时，另一支队伍也出动了，这是一支女人们的队伍，小脚的女人，扎着裤腿，蹒蹒跚跚，出了城。她们捣着红薯样的小脚，朝山上走。她们有人打伞，有人戴斗笠，上山时，山路又陡又滑，打伞的人就把伞丢下了。戴斗笠的就把自己的斗笠摘下来，扣到打伞人的头上。她们互相照应，手牵着手，一个人滑倒了，把其他人也拽到了泥水里。她们人人都滚成了泥猴，淋成了落汤鸡。她们同心协力终于来到了山上，山上有座庙，不知道那叫个什么庙，很小的一座小庙，可大概与河有关系。她们就在雨地中跪下来，向上苍祈祷。她们为她们的城做着虔诚的祷告，她们求天保佑她们的城，保佑她们的家和亲人。她们从跪下来就不打算再站起，她们也不吃不喝。大雨浇着她们，斗笠也早被风掀跑了。她们就这么头顶苍穹跪在雨地里，她们黑黑的一群，像野草一样卑贱，又像石头一样坚韧。她们在雨地中扎了根，天黑了，又白了，天黑、天白一个样，天黑是雨，天白还是雨。雨偶尔停一停，亮一下，过后却下得更不得了，正应了那句话，"亮一亮，下一丈"。她们想，菩萨耶，别说下一丈，下一尺也了不得了，下三寸也了不得了！

她们祷告，磨得嘴唇起了泡，流了血，雨水灌进嘴里，成了血水，咽下去，一股浓郁的血腥味。她们眼渐渐黑了，分不清黑夜和白天，膝盖也磨破了，早已是血肉一团。有人倒下去了。

倒不下的就跪着，三天过去了，第四个白天也过去了，倒下的人越来越多了，到夜晚，最后一个人也倒下了，没有了祈祷声，天地忽然陷入神奇的寂静。寂静中，倒下去的女人们，昏昏沉沉听到了一阵喊声，那喊声很远，却异常清晰，一个字，一个字，洛进她们耳朵里，她们听到有人喊："抬高——抬高——"

她们挣扎着，爬起来，仰望苍天。雨住了，云翻卷着散去，那声音就来自那里，来自天穹。那是一片合声，像是一种劳动的号子。那声音齐声喊着，"抬高——抬高——"喊声中，她们看见，她们的家乡，她们沉陷的城，在一点一点升起，铁塔在升起。这城市的桅杆在升起。她们哭了。

粉桃，团圆媳，这受尽磨难的女人，跪在人群中，默默地为这被拯救的城市喜悦地哭泣。

# 晚祷

　　1972 年，某个冬日，十岁的袁有桃放学后没有回家，她沿着一条小路来到了那个叫作"海子"的地方。"海子"当然不是海，而是一片湖洼。有桃家住在城边上，湖洼是这一带孩子们天然的乐园。夏天，他们在"海子"里游泳，冬天，则是在冰封的湖面上溜冰车。说来，这两件事其实都是被禁止的，学校里一向有明文规定。因为，这湖洼里差不多年年都要死人，夏天淹死的自然是要水的人，冬天则是不小心被冰窟窿吞没。大人们说，那是水鬼在找"替死鬼"。从前，在有规矩的年月，老师们常常在夏日午休后突击检查，让孩子们伸出胳膊，在赤裸的皮肤上用手指一划，游过水的皮肤就会有醒目的、昭然若揭的白痕：原来它会说话！当然，现在，没人管这些了，谁还管这些呢？乱世啊。

天阴沉沉的，要落雪的样子，还不到五点，城市就变得昏暗——这是一天中最伤心的时刻。小风飕飕地打在人脸上，很冷。结了冰的海子上，空无一人。岸边枯黄的没有割净的芦苇，摇曳着，有一种不动声色零落的凄怆。有桃迟疑一下，走下湖岸，站在了冰面上。她穿着那种家做的笨拙的棉窝，还是去年姥姥给她亲手做的，穿在脚上，明显地小了，夹着她的脚。但她舍不得脱下来，现在，她想穿着这棉窝，去找姥姥。

湖面冻得很结实，偌大的凛冽的冰湖上，

走着这个悲伤的孩子。她脚下打着滑，走得小心翼翼。后来，许多年之后，她想明白了一件事。她用长大的眼睛居高临下俯瞰着十岁的自己，那个要去冰窟窿寻死却害怕滑跤的孩子，她知道了，那不过是命运对她最恶意的一个作弄。

## 一　山高水远

有桃一出生，就被送回了老家。她是家里的老二，上面一个姐姐，下面还有一个妹妹和一个弟弟。赵家四个孩子，只有她，是跟着老家的姥姥长大的。当年，她一出生，母亲就患上了乳腺炎，没办法哺乳，再加上工作又忙，只好把她丢给了老家的姥姥。紧接着，妹妹弟弟相继来到人世，闹哄哄的一大家人，母亲自然顾不上去接她，就这样，一年一年的，有桃就在那个北方小镇，长大了。

姥爷是个教师，在几十里外的一个公社中学教书，不常回家，家里，常常只有姥姥和有桃，还有一只奶羊。那只羊，是有桃刚出生时姥爷牵回来的，它新鲜干净的奶水喂养大了有桃。所以，它是这家的功臣。姥姥一直不舍得卖掉它，更不舍得宰杀。姥姥有时会这么说："有桃啊，它可是你的奶妈。"有桃回答说："那过年时我是不是也要给它磕头？"姥姥就笑了，说："它也受得起你的头。"就这么，一年又一年，它从一只青春的、奶水汹涌的母羊慢慢变成一只目光浑浊的老羊。

那个小镇，地处这个内陆省份的最北端，干旱、严寒、荒凉。镇子很小，一条主街道，一眼就可以望到尽头。但是天真蓝，真高，蓝天下的山脊上，蜿蜒着残破的外长城的遗迹，还有，更残破更孤独的烽火台。那种透澈的、悠远辽阔的苍凉，就像空气一样，无处不在，这里的一切，庄稼、菜蔬、树、遍地的野草、牲畜和人，都是呼吸着这样苍凉的空气，生长着。假如把他们移植或迁徙到那些热闹的地方，或许将是灭顶的灾难。

有桃临近十岁那年，这样的灾难降临了。

先是羊，接下来就是姥姥。她们都离去得

很安静，像是怕吓住这个心疼的孩子。羊是在一个清早被发现死在羊栏里的，头枕着一堆青草，眼角上挂着泪痕。埋葬它的时候，有桃哭得很伤心，姥姥说："宝啊，这世上，再好的物件，再亲的人，都有分手的一天啊！"有桃不知道，那是姥姥在跟她道别。

几天后，姥姥清早起来扫罢院子，觉得有点累，就靠着院子里的枣树坐下了，这一坐，就再也没起来。医生后来说姥姥是死于突发的心脏病。那正是枣树挂果的大好季节，姥姥头上，一树新生的、翡翠般鲜绿的果实，预告着一个北方的丰年。千里外的母亲匆匆赶来料理了姥姥的后事，埋葬完姥姥，母亲对姥爷说：

"有桃我接走了。你在外边教书，带着她，是累赘。"

姥爷叹口气，摸着有桃的头说："是啊，快十岁了，四年级了，也该进城里念书了。"

临行前，姥爷带着有桃和母亲去跟姥姥辞行。有桃在姥姥坟前，长跪不起。姥爷对坟里的姥姥说："孩子要走了，这一走，山高水远，回来一趟不容易，你好好的，别让孩子惦记……"

母亲在一旁说："爸，看你说的，这又不是古时候，火车也就一夜的路，怎么就山高水远？"

姥爷沉默不语。

有桃给姥姥磕了头，侧过身，也给埋在一旁女睡在泥土中的母羊，恭敬地磕了一个头。有桃在心里对她们——她真正的母亲们说："我走了……"

后来，有桃不止一次地想起姥爷的话，山高水远。何止是山高水远啊。那是一个永远也回不去的故园。


有桃的家，在城边上，周围都是一些大工厂。有桃的父母，也都在工厂上班。父亲在工厂的俱乐部工作，母亲则是工厂职工医院的一名护士。他们住的，是工厂的宿舍区。宿舍区很大，有楼房，有平房。有桃家住楼房，红砖的旧楼，两间独立的房屋，一间住父母和小弟弟，一间姐妹们合住。公用的厕所，设在走廊的尽头，而走廊，则是家家户户的厨房。家家户户门前，摆着蜂窝煤炉，架着案板，堆着蜂窝煤、垃圾桶和各种杂物。好在这楼房，是从前苏联专家设计的，走廊就像长长的出檐，又像可以眺望风景的有木栏杆的阳台。据说，从前，站在楼上走廊凭栏远眺，可以看到田野，看到叫"海子"的湖洼，甚至可以看到更远处那条穿城而过流向黄河的大河，看到河上安静的落日。人们这样说，那时候啊，真荒凉。如今，不荒凉了，一座座楼房、厂房、一根根吐着黑烟的烟囱，遮蔽住了人的视线。无论有桃怎么努力，她看到的，永远是对面楼房的墙壁，或者，是一片灰蒙蒙黯淡的瓦顶。

就连天空，也不再是家乡那种透澈干净的蔚蓝。

一切都是陌生的。陌生的城市、陌生的家、陌生的口音、陌生的父母和兄弟姐妹、陌生的学校以及老师同学。她几乎不敢开口说话，一说话，同学还有兄弟姐妹就会嘲笑她的乡音。课堂上，她最害怕的事就是被老师提问，每次提问都是一场灾难，因此，上课时，她总是缩着身子，似乎，这样，她就可以消失不见。渐渐地，缩肩缩背变成了一种习惯，不管在什么地方，只要人们的眼光落在她身上，她马上条件反射一般让自己瑟缩起来。这让她的母亲十分反感，母亲生气地骂她：

"你做了什么亏心事？还是上辈子缺了什么德？缩头缩脑的，你是娄阿鼠转世啊？"

姐姐妹妹捂着嘴笑起来，她们觉得"娄阿鼠"这名字很好玩，于是，就"娄阿鼠！娄阿鼠！"地追着她嘹亮地喊，一院子的小孩儿也都"娄阿鼠！娄阿鼠！"地这样叫她。有桃就这样有了一个绰号。

她不知道"娄阿鼠"是什么，她没有看过那个叫《十五贯》的戏曲电影，但她深信那不是一个好人。她就这样莫名其妙地变成了一个坏蛋。这让她愤怒。她表达愤怒的方式就是把自己更紧密地关闭起来。尽管住在一个屋子里，她再不和她们说话，就像一个哑巴。她漠视她们。她们那间十几平方米的屋子，两张上下铺，格局好像学校的宿舍。她占用着一个上铺，那一米宽、两米长的铺位是她在这个城市最后的堡垒。她把一张与姥姥、姥爷合影的照片夹在一本书中压在她的枕头下面，那书，是从前姥爷买给她的，名字叫《中国古代医学家的故事》，姥爷一直希望有桃长大能当一个医生。那个未来的医生，在照片中娇憨地依偎在姥姥、姥爷身边，夜夜，她就这样和他们一起入睡。现在，只有在梦里，她才能做一个快乐的尊贵的孩子，从前的孩子，和亲人团聚，和姥姥，和她的羊妈妈，还有姥爷，还有她想念到心疼的苍凉旷野和寥廓蓝天。

她不知道她在睡梦里是流泪的。她那么快活，醒来后却是满脸的泪水。她的眼泪，只在梦里流，白天，她不哭。无论她多么难受，她也不在冷酷的白昼里哭泣。她的两只大眼睛，在白天，像沙漠一样干旱，还有一种奇怪的不合情理的冷峻，看上去像某种隐忍而苍老的非洲动物。这双眼睛也常常触怒母亲，母亲觉得这简直不是一个孩子的眼睛。

"她到底是谁呀？啊？她是我生的吗？"母亲有时候忍不住会这样问父亲，"你说，是不是有鬼附在她身上了？你看她的眼睛，那是孩子的眼睛吗？让人害怕！"

父亲轻描淡写回答说："瞎说八道！她不是你生的是谁生的？这你可赖不掉！"

"是啊，我赖不掉！"母亲叹息一声，摇摇头说道，"我要是没生她该多好……"

这话，有桃听到了。有桃的姐妹们也听到了。本来，母亲也就没打算掩饰，后来索性就把这话挂在了嘴边上。这话，应该说不仅仅是母亲一个人的心声，也是全家人的，至少，是姐妹们的。姐妹们想，是啊是啊，没有她该多好！她们怀念起没有她的好日子，姐妹俩合用一间房间的日子，姐姐有桔，妹妹有穗，一人一张上下铺，一人一个王国：下铺睡人，上铺则放她们各自的东西。她们忘了那时她们其实也常常吵嘴打架，互相使坏、告状，等等。现在，她们是同仇敌忾了，同仇敌忾来对付这个闯入者。假如，这个闯入者肯向她们示弱，情况可能会有所不同，她们欺负她，作弄她，其实是一种试探。可是她们很快感觉到了，这个姐妹，这个古怪的孩子，是不会屈服的，尽管她总是缩起身体，可她是一个不会屈服的人。她用她持之以恒的沉默和她们作战，她们感受到了那沉默冷硬的力量，还有，那种凛冽的冰山般的寒气。每一个夜晚，从她睡觉的铺上，那寒气幽幽地散发出来，渐渐凝聚成一个固体的东西，压迫住了她们和她们的睡梦，就像梦魇。

她们对这沉默毫无办法。这让她们厌倦。

"要是在战争年代，敌人抓住她，她肯定不会开口叛变。"有桔沮丧地对妹妹这么说。

"钉竹签子呢？拔掉手指甲呢？也不叛变吗？"有穗疑惑地问。

有桔想了想，摇摇头，"恐怕不会。"

有穗从牙缝里"嘶——"出一口凉气，说："我可不行，我会当叛徒的。"

有桔瞪她一眼，"别瞎说！"

"真讨厌！"有穗叹息一声，"要是妈妈没有生她就好了！要是她永远在老家就好了！

她为什么不回去呢？"

是啊，她为什么不回去呢？她为什么不回自己的地方呢？

这一天，放学后，轮到有桃的小组值日，所以，她到家比平时要晚一些。冬日的黄昏，家家窗户里，都已亮起了灯光，城市似乎对这孩子流露出一点静谧的温情。可是，一进门，她就闻到了一股扑面而来的臭味，像腐败的肉类的气味，那是劣质墨汁的味道。一抬眼，她看到了那标语，新鲜的标语，贴在她的床栏杆上，上面用毛笔歪歪斜斜写着几个大字——滚回老家去！！！后面跟了三个浓墨重彩的惊叹号。然后，她就看到了她的书，姥爷的书——《中国古代医学家的故事》——躺在了地上，被肢解了一般，撕得七零八落。还有她的照片，有桃最珍贵的东西——她的过去、她与幸福有关的一切、她眼前泥淖般生活中唯一的救赎，也被踩躏了，躺在肮脏的地板中央，上面印着鞋印。照片上不见了有桃的脸，她的脸变成了臭烘烘黑黑的一团墨渍……而那两个肇事者，则若无其事地坐在床边，正在用撕下来的书页，折纸玩，把扁鹊、孙思邈、李时珍，折成了小船、飞机，还有手枪。

屋子里很静。

突然地，有桃扑了上去，毫无声息，却凶狠如同一只猎豹。她一下子就扼住了有桔的脖子，她不知道自己的胸腔里突然挤出某种闷响，就像濒死野兽的哀鸣，那么绝望、伤心。有穗尖叫起来，抱住头，一边凄厉地大哭。母亲冲了进来，母亲嘶吼着，去救她的女儿。她奋力去掰有桃的手，哪里掰得开？父亲也冲进来了，父亲推开母亲，像拎小鸡一样拎起了有桃。有桃终于松手了，有桔一阵狂咳，"哇——"地哭出了声。父亲把有桃朝地上一抛，母亲扑上去，揪住了她的头发，把她的头咚咚地朝地上狠命地撞，扇她耳光，一下又一下，止也止不住。母亲气疯了，母亲嘴里喊：

"你要杀人啊！你要杀人啊！你给我死！你给我死！你去死！去死——我也不活了！"

然后，一阵号啕大哭。

那一夜，母亲把那两个女儿，带进了自己的房间里。四个人，一家子骨肉，挤在了一张大床上睡了一夜。那肇事的现场，只剩下了有桃一个人。那是进城以来最安静的一个夜晚，她一个人，拥有了一个自由的空间。四壁之中，没有别的眼睛，没有别的呼吸，没有作弄、嘲笑、恶意和伤害。她捡起了照片，把上面的鞋印努力擦干净，用手轻轻把它抚平。她抚摸着姥姥的脸，在心里说："对不起，对不起，对不起……"她想说，对不起让你看到了这些，却没有说。就算在心里，这么说，也是让她羞耻的。她也不知道怎么对付那一团墨渍，无论她怎么擦，那仍然是笼盖在了她脸上的乌云。她只好就这样把它夹进了语文课本里。地上，那些散落的书页，那书的残骸，她一张一张地捡起来。那一只只飞机、小船，也捡起来。然后，她盘腿坐在床上，就像安稳地坐在老家的火炕上一样，把它们拆开、抚平，一张张理好。她的扁鹊、孙思邈、李时珍，始终安静地望着她，在尘世昏黄的灯光下，毫无怨言地望着这个无助的小姑娘。眼泪就是在这时候，突然汹涌地滚落下来。

## 二　秦安康

秦安康是家里的独子。在他那个年代，独子的家庭还是稀少的。他爸老秦，是这大厂里的八级钳工，有手艺，受人尊敬。他妈则是一个家庭主妇，也在居委会里担任一些工作，比如，通知家属去居委会学习开会、挨家挨户收收扫马路费、分发一些票证之类。老秦每个月的薪水，一百多元，三口之家，又没有其他用项，在这个北方内陆工业城市，日子可以过得滋滋润润。再加上秦妈妈又是一个精明强干很会过日子的女人，所以，在厂区里，秦家是个让人羡慕的家庭。

十亩地里一根苗的人家，孩子自然就娇惯一些。秦安康吃他妈的奶，一直吃到了七岁上学。说来，这样恋母的孩子很可能会娘娘腔，可秦安康却是人高马大、黑黑壮壮，当然，也很霸道，蛮横。他爸老秦，八级钳工的巧手，又有各种便利条件，所以，秦安康手里的玩意儿，总比别人的要讲究。同样的木头手枪，他那一把，一定格外逼真。同样的冰车，他那一个，居然带着弧度十分舒适的靠背。就连最普通的铁环，他那一只，竟是在环上装饰了小铃铛的，推着跑起来，泠泠泠地，清脆地洒一路。

孩子们看了，自然眼热。

美中不足的，是这秦安康不够聪明，念书念不进去，坐不住，又贪玩儿，回回考试，没几回及格过。好在，这世道，考试这回事，形同虚设，既不靠它升学，也不靠它奔前程，又没有留级这一说，所以，秦安康一点也不在乎。倒是他爸，人要强，又是老派人，觉得丢脸，也关起门狠揍过几回，无奈，这宝贝儿子，到下回考试，该不及格还不及格。

没人喜欢和他坐同桌，女孩子们，都受不了课堂上他花样百出的骚扰。于是，老师就把他一个人安排在了最后一排。好在，他本来个子也就是高大的，独自坐最后一排，倒更是自由自在，还可以一个人占用两个抽屉。所以，当这个叫袁有桃的乡下丫头成了他的同桌，他被迫给她腾抽屉的时候，他就把她当成了敌人。

第一天，他像很多男孩子一样，用小刀在课桌上划了分界线，他指着那分界线说："你敢过来试试！"这也是男孩子常见的威胁，不稀奇。只不过，他的分界线，划在了课桌三分之二的位置上，公然是一个不平等条约。袁有桃没有说话，掏出自己的课本，"啪"放在了分界线外。他愣了一下，立刻，用胳膊肘，狠狠地朝有桃肚子上就是一下，命令说：

"拿开！"

袁有桃咬了下嘴唇。不动声色。

他抬起胳膊，狠狠地，又是一下。

可这个瘦瘦小小的乡下丫头，一动不动，也不看他，就像他是空气。

这下，他真的愤怒了。他甚至感到了委屈。凭什么啊？他想。他望着她，只见她的手，撑在了板凳上，明显也在他划定的分界线外。太过分了！他不再和她废话，抄起桌上的铅笔刀，朝她手背上，"噌——"地一划。

血流了出来。

没有声音。血流得很安静。秦安康被这血吓住了。他张着嘴，望着血像蚯蚓一样在那手背上爬，爬，渐渐把那只手涂染成逼人的、恐怖的血手。更恐怖的是，她的沉默。他从来不知道沉默可以是这样惨烈……突然，"哇"的一声，秦安康放声哭了。

就这样，秦安康和袁有桃，只做了一天的同桌。

老师带有桃去卫生室包扎了伤口，给她重新安排了座位，这个位置，远远离开了秦安康。老师说："秦安康，我怕了你了，大家都怕你了！你就一个人好好称王称霸吧！你就学美帝苏修吧！"

秦安康低头不语。他知道，美帝和苏修，都是纸老虎。他想起自己在课堂上的哇哇大哭，感到了深深的羞耻。他不知道自己原来怕血，他这样想。似乎，"怕血"这个理由可以给他安慰。他确实是被血吓坏了，可是，可是他知道，真正让他恐惧的，还有别的。

从那天起，他开始远远地、偷偷地注视那个女孩儿。在人群中，那个女孩儿，缩头缩脑，毫不显眼。他听到老师背地里说她"木"，一个老师对另一个老师说："流那么多血，一声不叫，真木。"原来她"木"，秦安康想。她没有朋友，她也不爱说话。她的普通话说得走腔走调，语文课上，老师让她念课文，她的荒腔走板让全班同学哄堂大笑。下课后，大家学着她的发音，"纪念掰——球——鞒"，夸大着那不标准。她真是木的，一个人，坐在座位上，像什么都没听见一样，面无表情。

后来，同学们叫她"娄阿鼠"，他不知道这名字的来历，也不知道那是一只什么鼠，总之，莫名其妙。可他觉得她和鼠没什么关系，如果拿她比动物，她倒更像——更像那种令人恐惧的。他也不知道她是否还恨他，他们偶尔面对面走过，在家属院，或者在学校的走廊，不小心碰上了，她就像没看见他，从她脸上，既看不出恨，也看不出原谅。那是一张从不起风浪的脸。是，她木。可她也许深不见底。

总之，好好的日子，让这个不知从哪里跑来的女孩儿，改变了。十岁的秦安康，有了一些心事。他不再那么喜欢和小伙伴们扎堆，总是哪里热闹往哪里钻。他也不再那么害怕孤单，放学后，常常一个人到厂区外闲逛。他还会在天气最冷的时候，到空旷的"海子"上滑冰车。偌大的一个湖面，小小的灵巧的冰车，会给他带来飞翔的感觉，车身下嵌入的"豆条"，一种粗粗的铁丝，摩擦着冰面，那细细的清冷的声响，偶尔，会让他鼻酸。他就更用力地挥舞冰锥，让自己更快地飞，飞，好像这样可以飞出某种东西之外。然后，突然地，他刹车了，冰车刚好停在一个冰窟窿的边上，汗从他戴着棉帽子的头上流下来，他分辨不出那是热汗还是冷汗。

黑黑的冰窟窿，深不见底，这里那里，分布在开阔的湖心处。据说，那是炸鱼的人用手榴弹炸出来的。也有人说，是专门凿出来让湖里的鱼透气的。平时，在湖面上溜冰、滑冰车的孩子们，会选择避开它们。孩子们知道它的凶险，从大人们的嘴里，他们都听说过"替死鬼"这传说，也见过真的有人，在这黑暗冰冷的水中丧生。而这个冬天，秦安康却放纵着他的冰车，让它冒险地在冰窟窿边缘横冲直撞。也许，他是用这样的方式，在考验着自己的胆量，在为他众目睽睽之下那一次羞耻的哭泣雪耻。

然后，就到了那一天。

那一天很冷，天寒地冻。他像往常一样吸溜着鼻子带着他的冰车来到了"海子"，他知道这样的天气，冰上一定是人烟稀少。果然，湖上很空旷，只有一个人影，在冰上趔趄地走着。一眼，秦安康就看出了那是谁。倒霉！他想。他掉头想往回走，又站住了，我为啥要怕她？他对自己说。他站在那里远远看她，忽然觉到了奇怪，他想，她来这里干什么呢？她们女孩儿又不玩冰车，也不像是来滑冰，那她来这冰封的湖上做什么？抓鱼吗？

他看她渐渐走向湖心，走向——他最熟悉

的那个地方，然后，站住了。那是一个冰窟窿的边缘，他知道。她真是要抓鱼吗？这个男孩儿想。可是她站在那里，一动不动，一动不动。天阴沉沉地，压在湖面上，湖面那么大，那么空，而她，是那么……伤心。奇怪，平时，从她脸上什么都看不到，可是，她的背影，却是悲伤的。原来，背影可以告诉别人那些隐藏的东西。

他跳下湖面，撑着冰车直奔她而去。


事情就这样发生了。一个要投湖自杀的人，遇到了她的解救者。

其实，站在冰窟窿的边缘，有桃就犹豫了。那冰窟窿，就像一张深不可测的大嘴，又像洞穴，幽幽的，黑黑的，似乎可以隐隐听到某种喘息声，就像神秘而粗鲁的呼吸。它能把我带到姥姥那里吗？有桃这样想。这么黑，这么寒冷，这么不怀好意的去处，能指引我和姥姥重逢吗？有桃相信，姥姥，她在这世上最亲的亲人，无论活着还是死去，只要是她在的地方，就一定是光明、温暖、善良的，有透澈的蓝天白云，有清香的庄稼，有春天的野花和秋天的果实，有洁白的羊群和放羊人嘹亮苍凉的山歌……而这个城市，这个冷酷的地方，找得到这样一个通往姥姥世界的入口吗？

她望着脚下的冰窟窿，感觉到了一个城市的恶意，从那深处，扑面而来。

她背着书包，里面，装着姥爷的书，不管她怎样用糨糊、针线，粘贴、连缀，那都是一本残缺的、伤痕累累的书了。还有毁掉的照片，她藏在了身上，这是她全部的珍藏，可是，它们和她，该往哪里去呢？——死和活着，都是这样寒冷、恶意和耻辱。

她哭了。

就在这时，身后突然响起了一个惊诧的声音，"嗨，你在这儿干什么？"

她吃惊地回头，看见了冰车上的男孩儿——秦安康。显然，更吃惊的是这叫秦安康的孩子，他没想到会看到一张满是泪水的脸。这张脸，那么悲伤、无助，看上去一点也不像平时那个冷硬的袁有桃了，他几乎怀疑他认错了人。

"你……你……你想自杀吗？"他变得结结巴巴，"你想做替死鬼？"

袁有桃狠狠擦拭了眼泪，让他看到自己哭泣的样子，她觉得慌乱和羞耻。这个男孩儿，和她的姐妹一样，对有桃来说，都是那种噩梦般的存在。一时间，她好像觉得她的姐妹，有桔、有穗，就藏在他的身体里，用他的眼睛望着她一样。

"去年厂里有个人，跳冰窟窿自杀了，"秦安康说，"捞起他的时候，头肿了这么大——"他用手比画出了一个脸盆的形状，"你想做他的替死鬼呀？"

袁有桃没有听出，他其实毫无恶意，他用这种方式在笨拙地阻止着一个悲剧。这要到很多年之后，她才能明白这一点，要到她懂得和生活和解的时刻。可那时，这话，突然激起了她的愤怒和恐怖。

"你才想做替死鬼！"她冲着他的脸，大喊一声，"你去死——"

　　说完，她跑走了，泪流满面，她哭着在冰上奔跑。落雪了。憋了一天的雪，终于飘落下来。一大片，一大片，轻盈，洁白，落在冰面上，落在干旱的城市。她不止一次滑倒，爬起来，再跑。当她又一次重重地跌倒时，她不再爬，不再挣扎，她扑倒在冰面上，让自己的脸，让她的身体，贴在落了薄薄一层雪花的冰上，放声号啕。她在心里说，雪，埋了我吧，埋了我吧……

　　秦安康一直、一直注视着她的背影，呆呆地，坐在冰车上，看她一次一次跌倒，爬起，再跌倒，再爬起，他又一次奇怪地感到了鼻酸。真冷，他想。可是她，她究竟为了什么这么难过，这么伤心呢？她为什么像一个大人那样伤心？他吸溜着鼻子，想不出答案。当她终于扑倒在冰上，她的哭声，远远地、凄厉地传来时，他就像被谁抽了一鞭，撑着冰车朝她那边奔去。

　　他想对她说，袁有桃，你别哭了。

　　他还想对她说，那天我用刀划你，对不起。

可是，他什么也来不及说了。他飞驰着，只顾望着远处的女孩儿，忘记了他正身处在危机四伏的湖心。一块冻结在冰上的砖头，他没有看见，砖头绊住了飞驰的冰车，把他这个驾驭者抛了出去。而前方，正是湖上最大的一个的冰窟窿。只听"扑通"一声，他一头扎进了黑暗的、深不可测的湖心——这个十岁的孩子，茁壮的孩子，真的飞出去了，飞出到了生活之外。

远远地，当袁有桃跌跌撞撞跑过来时，晚了，一切，都过去了，发生过的一切，销声匿迹。只有那架冰车——制作精良被小伙伴们羡慕的冰车——孤独地躺在一旁，永远失去了主人。


三　夜晚的秘密


那天晚上，有桃踩着积雪回到厂区宿舍大院时，早已是万家灯火的时分。她听到一个女人正扯着嗓子喊："安康！安康！回家吃饭了——"她还看到这女人逢人就问："看到我家安康了吗？"

她慌不择路地躲开了女人，她知道那是秦安康的妈妈，她听到自己的牙齿"嗫嗫嗫"地打战，她的腿也在抖着，膝盖一软，一只腿跪倒在了雪地上。她想，真滑啊。

一家人，围坐在餐桌旁，正在吃晚饭。折叠的圆餐桌，支在父母的房间里。她没有进去。她一个人走进旁边的屋子，没有开灯，摸黑爬上了她的床铺，拉过棉被，用它紧紧包裹住了自己。可她仍然在发抖。雪光映着窗子，房间里有一种清冷的微光。她只好把头也埋进了棉被里，那光，让她害怕。

这个家，没有人，像秦安康的妈妈那样，站在大雪中，呼喊她的名字，说："有桃，回家吃饭——"可是，这不再重要了，一点也不重要了。昨天，还貌似生死攸关的事，此刻，在灭顶的噩梦面前，一点也不重要了。

对，那是梦。

她必须快快地、快快地睡着，她哀求自己，

睡吧！睡吧！袁有桃，睡着了，就好了。睡一觉，就过去了。明天早晨起来，上学去，就会看见那个男孩儿，那个秦——安——康，好端端地，活生生地，令人讨厌地坐在那里，举着小刀，蛮横地威胁她说："你敢过来试试！"

大雪，纷纷扬扬，下了一夜。一夜，他们的院子里，也是纷乱的。人们很快找到了冰车，却没能很快打捞起它的主人。湖水太深了，厚厚的冰层下，也许暗藏着潜流，假如，人被潜流冲走，那就只能等到明年春天冰消雪化了。当然，没有人，敢当着沉默的秦师傅说出这话，也不敢放弃希望。而秦师母，则是在找到冰车的时候就晕了过去，被送到了厂里的医院。清晨，雪住了，家家升起炊烟，吃早饭的时候，传来了消息，人们争相传告着，说，捞上来了……

人们说，谢天谢地，不用等到明年开春了。

太阳升起了，新生的太阳，雪后初霁的太阳，照耀着洁白的城市。这惊悚的洁白，刺疼了有桃的眼睛，她不知道自己的眼睛是血红的。是啊，太阳不是从前的太阳了，有桃这样想。她听着风中传来的秦师母的哭声，那哭声撕心裂肺，不像是哭，像是在凄厉地嘶喊。整整一天，这哭声与她如影随形，就像一个鬼魂。人人都在谈论着这件不幸的事情，学校、厂区、宿舍院、这城市的每一条大街小巷，每一个角落。原来，昨晚之前，这城，她如此憎恶的这城，其实并不是地狱……

饭桌上，母亲对姐姐、妹妹说："都别去'海子'上滑冰玩儿了，看见没有? 多可怕! 活蹦乱跳的，说死就死了! 幸亏捞上来了，要不然，在湖里泡一冬天，成什么样儿? 早喂了鱼了!"说着，看了有桃一眼，说："你也一样!"

有桃不敢看她的眼睛。她也不知道自己在发烧。

一夜，高烧让她昏昏沉沉。她觉得自己是在一片大水中浮沉着，挣扎着。她对着一个人嘶喊，说："你才想做替死鬼，你去死!"那个人，坐在冰车上，无言地望着她，突然，对她咧嘴一笑，说："我已经死了呀——"她惊醒了，一头的汗水，一脊背的汗水，一身的汗水，那么多的汗水，把床单都浸湿了。可是，怎么这么湿？她下意识地，伸手去摸，突然她翻身坐起，呆住了。

她尿床了。

十岁的有桃，在这个心惊肉跳的夜晚，羞耻地尿床了。

月色如水，从无遮无挡的玻璃窗洒进来，没有心肝地，冰冷地，照着这个绝望的孩子，这个走投无路的小少女，她呆坐在湿漉漉的床铺上，看着曙色一点一点来临。天就要亮了，她不知道这个世界、这个人世，还有什么更大的不幸在明天等待着她——在每一个明天。她叹息一声，取下了挂在墙壁上的书包，取出铅笔盒，拿出一把削铅笔的小刀，躺下，就躺在那湿漉漉的秘密之上，伸出手腕，在那上面，狠狠地，深深地，一划。

永别了，姥姥！鲜血喷涌而出时，她和姥姥郑重道别。她知道，她永远去不了姥姥所在的世界了。那是天堂。而天堂，不再属于这个有罪的孩子。

黎明时分，有桔起床上厕所，一起身，头上垂下一只血手。淋漓的鲜血，滴在了她脸上。她惊声尖叫，惊醒了她的父母。

要感谢那把铅笔刀，它不够锋利，还有，十岁的孩子，也缺乏知识：小刀划破的，流了那么多血的，原来，并不是致命的动脉。

当护士的母亲，为她紧急处理了伤口，止血、清洗、敷消炎药、包扎。伤口触目惊心，只好送医院缝合。母亲一路走一路哭，说："袁有桃，你可真够狠毒啊！你可真狠毒！"

太阳下，母亲为她清洗着被褥。血渍和尿液，弄脏了它们。母亲忧心忡忡地洗着，蹲在一旁观看的有穗说道："妈妈，她都十岁了，还尿床啊！我要是十岁尿床，我也自杀——"

母亲喝止住了她，说："袁有穗，你还让你妈活不让？"

没有一个人，疑心什么。全家人都觉得，这未遂的自杀，是因为遗尿。等到她伤口愈合拆线之后的第二天，姥爷来了，是母亲写信叫来了姥爷。母亲说："爸，你带她走吧——"话没说完，就委屈地红了眼圈。

就这样，有桃和姥爷乘上了北去的列车。一路上，她只是望着车窗外的风景，沉默不语。直到她看到烽火台，蓝天下的烽火台，它们苍凉地静默地扑进她眼睛里的时候，她哭了。

姥爷说："孩子，回家了。"

四　苏慈航

就这样，有桃跟着姥爷，来到了他任教的学校念书。姥爷不仅是这座七年制学校的校长，也教语文。那是更北的北边小镇，更严寒，也更苦焦，而且，名字中就带着一个"堡"字，一听，就是从前的边关了。这里的太阳，永远有一种凄清的明亮，天空也更高远。当然，也有更酷烈的大风。大风刮起来的时候，飞沙走石，也让有桃想起那些古代的边塞诗。

而且，离外长城更近。出了学校门，沿一

条小路，爬上去，就是长城了。

没事的时候，有桃就常常爬到长城上，看书，晒太阳，吹风，发呆。

边塞的大风，把她的皮肤，吹得粗糙了，太阳晒黑了它们，她身上，那一段城市生活的印迹，被风和太阳，轻易地抹去了。姥爷默默地看着这变化，姥爷想，但愿她心里的那痕迹，也能这样抹去。

尿床的事，没再发生过。姥爷也从没有问过，在那个城市，究竟发生了什么？可是姥爷知道，一定是有大事的，是发生过什么的。否则，一个那么健康阳光的孩子，他的宝贝，怎么会尿床？十岁的孩子啊！想到不知什么竟然能逼得孩子尿床，姥爷觉得自己心都在打战。

姥爷等着。等她自己有一天，能说出那心结。

有桃到来后，姥爷就在校门外一片旷野上，开出了一小片菜地，移来菜秧，种下一些细菜：西红柿、豆角，还有黄瓜之类，为的是给有桃改善伙食。平日里，晚饭前，太阳慢慢西坠时，爷孙俩会来菜地里除草、浇水。姥爷生性沉默寡言，而有桃，也不说话。他们只是默默地干活，闻着被太阳晒了一天后，植物散发出的那一股生命的香气。蜂飞蝶舞之中，偶尔，有桃会抬起头，叹息似的轻轻叫一声，"姥爷呀……"

姥爷就回答："嗯？什么事？"

"没事。"有桃笑笑，"真好看啊！"

她是说夕阳。血红的一轮夕阳，挂在山巅。山峦、天空、长城、烽火台、千沟万壑，都变成了那样一种沉静的、安详的金红色。她眯着眼睛看夕阳的神情，让姥爷心疼。姥爷想，傻孩子啊，心里的疙瘩，说出来，就痛快了呀。


离小镇十几里，有个叫鸦儿崖的村庄，村里，住着一户北京来的下放干部。这家人有个儿子，叫苏慈航，也在镇上的这所学校读书，读七年级，这七年级有个名称，叫"戴帽初中"。

苏慈航不是寄宿生。他有一辆自行车，"凤

凰牌"的，大链盒，每天，他骑着他的"凤凰"上学、下学，是这乡间公路上的风景。这里的自行车，很少有大链盒，大家骑的，都是加重型的"红旗"或者"飞鸽"。所以，苏慈航很惹眼，这里人看他，就好像他真的是骑在一只凤凰身上。

苏慈航十三岁了，正在拼命蹿个，就像那些正在拔节儿的庄稼，夜里，静静地听，似乎，可以听到一个少年成长的那种神奇声响。从城里带来的衣服，都无可救药地小了，他妈只好把他父亲的旧衣服改给他穿。那些从前的衣服，有着很好的质地，无论怎么改，都有一种异地的气息、过客的气息，和这里格格不入。

所以，苏慈航没有朋友。

他骑着他的凤凰，早出晚归，独往独来。中午，只要是好天气，他就总是带着他的饭盒和一本书，沿山坡走到残破的长城上去。他喜欢这里，他觉得这里是枯燥、艰苦的生活里唯一的一点诗意。不用说，他是那种布尔乔亚家庭里滋养出来的小文青。

这里人，很少有谁去爬城墙玩的。没有人去惊扰它，偶尔，会有放羊的羊倌赶着羊群从那里经过。苏慈航喜欢这宁静，喜欢没有别人眼睛的注视。但是在这年开春之后，情况变了，有一天，他在这里碰上了一个女孩儿，后来，他们就经常在这里相遇了。

起初，他们不说话，相互保持着各自的矜持和礼貌的距离。终于有一天，苏慈航忍不住了，他抬起头来问她说："他们说，你是从省城转学来的，是吗？"

她点点头，不能说不是啊。可她马上补充说："我就是这里人，我家在这儿。"

"知道，你姥爷是校长。"他回答。

"你是北京来的？"轮到有桃问了。

"对。"他点点头。

有桃轻轻叹口气，"你，很想北京吧？你一定不喜欢我们这里。"

他明亮的眼睛，黯淡了。他们两人，各自趴在一个城垛上，望着远处的山峦、沟壑、田野。许久，他回答说："喜欢不喜欢，不都得在这里吗？我又不能选择……"

是啊，不能选择。这话，让有桃一阵疼痛。她懂那无助。她不知道该用什么话来安慰他。

他忽然回头冲她一笑，"所以，我要找这儿让我喜欢的东西，你看，我找到了。"

她没有笑，望着他，她想，北京人，但愿你比我幸运。

"北京也有长城。"她说。自己也觉得这话很蠢。

他们就这样认识了。

苏慈航慷慨地借书给有桃看。那都是他父亲的书，劫后余生的书。俄罗斯小说、法国小说、英国小说，还有 20 世纪 30 年代中国的那些小说，巴金的、老舍的、茅盾的……有一次，他还带来过一本外文的杂志，里面都是法文，一个字也看不懂，但据说那是一本美术杂志。里面有一幅画，迷住了有桃。画面上，是满天的晚霞和正在等待收获的大地，一对男女，一对劳动者，低着头，虔敬地祈祷……那里面，有一种深深感动了这小少女的巨大的静谧，有一种笼盖了天地的神秘和庄严的东西，似乎那里面，有永远不会被破解的神圣的生活的秘密……有桃觉得，那里面的秘密，似乎和她的灵魂有关。她捧着这幅画，看了许久，这让苏慈航感到惊讶，他不知道是什么让她如此动情，于是，他告诉她，这幅画是　个叫米勒的法国人画的，它的名字叫《晚祷》。听到这名字，有桃的眼睛，一下子湿了。

"他们听到教堂的钟声了。"苏慈航这样告诉她。

"也许，他们还听到了别的。"有桃轻轻说。

苏慈航很惊诧，他觉得这个小姑娘很奇特，就像一个小巫女，或者，一个小圣徒。

当然，更多的时候，他充当着启蒙者的角色，给这个山区的小姑娘带去城市的文明。不用说，这个启蒙者必然拥有一本歌本——《外国民歌 200 首》，那几乎是那个年代小资文青们的圣经。他总是喜欢用他刚刚变声的嗓子唱那些忧伤的歌曲：

啊，你，命运，我的命运，我不幸的命运，

为什么，我苦难的命运，

送我到——西伯利亚……

　　有桃听着这样的歌声，心想，这里，就是他的西伯利亚啊。原来，每个人，都有自己的西伯利亚。她试着用他的眼睛——苏慈航的眼睛——来看这个地方，苦焦、严寒、干旱缺水，只生长莜麦、胡麻、糜谷、马铃薯这些高寒作物，人都很贫穷……可是，即使如此，有桃也希望，他能够被这片土地善待，他能够感受到这土地的悲悯与善意。

　　苏慈航的妈妈，从前，是大学里的老师，本来就不擅长家务，也不会做饭，加上是南方人，当然更不知道怎么料理这里的五谷杂粮。所以，苏慈航每天装在饭盒里的午餐，千篇一律，永远是小米捞饭，那捞饭，还总是掌握不好火候，不是硬就是软。有桃就格外用心地打理自家的饭菜，她的厨艺，或许是师承姥姥，或许是无师自通。她变着花样，粗粮细做，一样莜面，今天蒸栲栳栳，明天搓鱼儿，后天做野菜烫面蒸饺，再一天，或许就是莜面压饸饹。她从自家菜地，摘来最新鲜的带着晨露的西红柿，和鸡蛋一起，打卤，把豆角、茄子、马铃薯，烧成烩菜。她一早起床，择菜、和面、拉风箱烧火，该蒸的蒸，该切的切，中午放学，只需稍稍加工，就是一顿香喷喷的午饭。她把菜饭装进饭盒，对姥爷说："我去班里和同学吃了！"就跑走了。

她当然不是去班里。姥爷知道。姥爷看着她日渐明亮起来的眼睛，心里感激着神明。姥爷望着她朝山坡奔跑的背影，眼睛渐渐潮湿了，在心里，对一个亡人说道：

"老伴啊，谢天谢地，孩子挺过来了。是你在保佑她吧？！你呀，你可不能撒手不管啊……"

两个孩子，分吃着午餐。那是浪漫的午餐，群山环抱着他们，古长城废墟做了他们的餐厅。她吃他火候不到的硬邦邦的小米捞饭，把自己饭盒里的饭菜给他，告诉他说，她最喜欢吃的就是小米捞饭，怎么吃都吃不厌。他知道那是假话，却没有戳穿，他领受了这份情意。他一边吃，一边说道：

"袁有桃，你怎么这么能干？怎么能把饭做得这么好吃？太神奇了！"

有桃回答说："不是我能干，是粮食香。在城里，哪里有这么香的粮食？你看，就算是你的'西伯利亚'，也有城里比不上的地方。"

她很自然地，说出了"城里"这字眼。这两个字一出口，她静默了一下，很奇怪，也许，是太阳太明亮了，蓝天太澄澈了，面前的莜面和小米都太香了，她觉得很平静。

苏慈航笑了，"袁有桃，你知道吗？你简直可以去做政委，太会做思想工作了，或者，去做牧师，天天给人布道。"

"我？我没有资格。"有桃这样回答。

疼痛还是突然袭来了，她眼睛一阵黯淡，沉默下来。但是，苏慈航好像什么也没有觉察到。

"那你就去给牧师做太太。"

有桃"呀"地笑了。

"苏慈航，你好坏！"有桃笑着说，"你才给牧师做太太呢！"

"我？"苏慈航一本正经望着她，"我怎么能做牧师太太，我只能做牧师啊！"

有桃的脸，一下子红了。那是一种从未有过的鲜艳，初绽的、羞涩的鲜艳。苏慈航惊讶地望着这突然红脸的女孩儿，想起一个成语——艳若桃花。原来，她的名字真是暗藏玄机的……他的脸也有些红了。

"中国现在哪里还有牧师啊！"他嗫嚅地说道，"除非活在书里，或者，画里……"

那就活在画里吧，有桃想，活在《晚祷》那样的画里，永远不要走出来。

那只能是梦。

两年后，姥爷突发脑出血，在送往县医院的途中，去世了。一路上，昏迷中，他的手和有桃的手，始终紧握着。直到咽气，那只手，仍旧紧紧攥着他对这人世的留恋，不肯撒手——他实在走得不放心。他放不下这个孩子啊。

## 五　隐疾

还是那座城，还是那个大院儿，还是那两间房，还是那些人，离开两年后，有桃又回来了。

爸爸妈妈，看上去没什么变化，变了些的，是姐妹们。姐姐有桔，变白了，瘦了，好看了，也更高傲。妹妹和小弟弟，都蹿个儿了。她们不再叫她那个难听的绰号"娄阿鼠"，可也不知道该怎么叫她，就叫她"哎"。母亲对她，也变得客气，还有一点小心翼翼，好像她是一个来做客的人。

她不再在意这一切。

珍贵的东西，无论是人，还是时光，都那样容易消逝。她想起姥姥当年在母羊坟前对她说的话，"宝啊，这世上，再好的物件，再亲的人，都有分手的一天啊。"南来的列车上，

她一直、一直在想这句话，她对自己说："袁
有桃，你不要自哀自怜，你不比别人更倒霉，
你只是比人家早一点看到了结局……"

和苏慈航，是在他们的长城上道别的。一
年前，苏慈航就已经离开了小镇，到县城去读
高中了。不过，差不多每个星期天，他都要骑
着他的"凤凰"，来这里看有桃，看他们的长城。
苏慈航说："袁有桃，你要给我写信。"

袁有桃说："好。"

苏慈航又说："袁有桃，放假了，你可要
回来，你能回来吧？"

袁有桃回答："能。"

苏慈航又说："一放假，我就天天来这里
等你，你可不要忘记。"

袁有桃点头，"不忘。"

那是临行前一天的傍晚，他们站在长城上，
就要落山的夕阳，将山峦、沟壑、村庄、公路、
暮归的羊群、亲人的坟墓，以及，两个少年人
的身影，涂染成一片血色。袁有桃忍着眼泪，
答应着，可心里，却像是和这一切永别一样难

过。她爱着的东西，和人，都留在这里了。她知道许诺是没用的，前边有什么在等待着她，她怎么会知道？她留恋地、痴迷地望着眼前这个大男孩儿，其实已经是在望着过去。

很快地，有桃就收到了苏慈航的来信。信寄到了有桃的新学校——厂里的附属中学。信封上这样写着：

某某市某某工厂子弟中学初一新生

袁有桃　收

有桃笑了，她想起了"乡下，爷爷收"。有多少初一新生呀！可这也真像苏慈航的风格。有桃站在校门口，打开信，只见里面写道：

袁有桃：

就算那列火车再慢，你也早就该到达目的地了。你总不会坐上一列永远不停车的火车吧？可你怎么不来信呢？这么快你就忘记我们的约定了吗？我天天到我们学校传达室去问，天天失望而归。我要说实话，还从来没有人，给我写过一封信。袁有桃，我想让你成为一生中第一个给我写信的人……

就在这时，校门口，突然起了骚动。只听人们说道：“疯子！疯了！疯子来了！”没等有桃弄明白发生了什么，一个女人，已经站在了有桃面前，对她说道：

“你看见我家安康了吗？”

第一眼，有桃几乎没能认出眼前这个女人是谁，可那只是一瞬间。一瞬间的静默之后，有桃觉得世界远了，消失了，世界只剩下了这个女人，头发灰白，衣着古怪，眼神又犀利又迷乱，她用这样的眼睛审判似的凝视着有桃，说道：

“你看见我家安康了吗？”

阳光太强了，就像雪山上的阳光，白炽一片，晃着有桃的眼睛，晃得她流泪，晃得她天旋地转，几乎站不住脚。就在这时，有人过来拉住了女人，嘴里说道：

"怎么又跑出来了呀？学生，对不住，对不住！她啥话都不会说了，就会说这一句……"

"你看见我家安康了吗？"整整一天，这句话，响在有桃耳边，就像钻进她身体里一样，安营扎寨。它还钻进了她的梦里，就像一条黑鱼，在冰冷的水里，扑腾着，扑腾着，然后，她就看见了他，那个久违的孩子，水淋淋的，头发变成了水草，脸色惨白，突然对她咧嘴一笑，说：

"我已经死了呀！"

有桃惊醒了，身下，精湿一片。一切，已经不能挽回，她尿床了。

从此一发不可收。

母亲寻来了各种奇怪的偏方，猪尿脬蒸米饭，用七根葱白捣碎和硫黄一起搅拌敷肚脐，屋檐下的燕子窝泥敲一块下来，在柴火灶上烧红泡水，等等。母亲沉默地、咬紧牙关做着这一切，生怕自己一开口就会崩溃。有桃更沉默，沉默地被摆布着，让吃猪尿脬，就吃猪尿脬，让喝燕子窝水，就喝燕子窝水。为了让她方便起夜，他们让她从上铺搬到了下铺。但是，仍旧无济于事。

夜晚，变成了最大的伤害和煎熬。有桃不敢睡觉。她大睁着眼睛望着窗外。透过蒙满灰尘的玻璃窗，夜色也好像是混浊的。偶尔，会有好月光，那会让她流泪。她对月光说，救救我。她以为月光是仁慈的，但是，月光和偏方一样，救不了这孩子。

终于，有一天，半夜里，有桃突然睁开了眼，黑暗中，一个人，静静地，俯身望着她。是母亲。母亲慢慢地，把双手卡在了有桃的脖颈上，母亲望着有桃的眼睛，望了许久。母亲说道：

"我真想这样掐死你，然后，自己死！"

说完，她松开了手，抱起了有桃，失声痛哭。自从满月后，她还从来没有抱过这孩子，这骨肉。她一边哭，一边说道：

"你就这样惩罚我啊！就这样折磨我啊！我那时候也是没有办法呀，我得了乳腺炎，疼得要死要活，没有奶，我哪有钱请奶妈？你说让我怎么办？怎么办？你怎么能这么狠毒？你怎么能这样惩罚我……"

有桃也哭了。

有桃在心里说："不是，不是，不是！"

如同奇迹一般，经过这个夜晚，有桃的病，戛然而止。也许，是那些猪尿脬、燕子窝水渐渐起了疗效，也许是因为别的。母亲暗自吁出一口长气，说道："阿弥陀佛！"她觉得自己得救了。但是，没人知道，这隐疾，只是更隐秘地，潜伏在了有桃的身体里，就像一个休眠的特务，等待着某个唤醒它的指令。也许，连它自己也不知道，它有着怎样坚韧、缠绵的耐心。

有桃始终没有给苏慈航写信。

这是天罚我。有桃这样想。就在她平生第一次接到朋友来信的同时，就在她那么快乐幸福的时刻，秦师母从天而降，质问她："你见到我家安康了吗？"秦安康，那个水淋淋的孩子，就这样又潜回到了她的生活中，回到了她的每一个白昼和黑夜，回到她的梦里。

苏慈航，你知道吗？在这里的每一天，都是惩罚，为了我的……过错。

苏慈航，你懂什么叫惩罚吗？你知道它多么诡异和羞耻吗？一个活在阳光下的幸福的人，一个没有罪和秘密的人，永不会知道这个。

我以为我可以遗忘。在我们的高原，在那么澄澈温柔的阳光和仁慈的天空下面，在我们长城的废墟之上，那些和你在一起的日子，有你的日子，我以为，我可以忘记我需要忘记的，它们也似乎真的离开了我一段时日，我以为它们慈悲地放过了我，但是，没有。

苏慈航，对不起，我不能够做第一个给你写信的人了！我也不能够在假期里去赴我们的约会……其实，那天，我们的道别，就已经是永别了。和我珍惜的、留恋的、爱着的一切，永别了！否则，我怎么会那么伤心？

谢谢你，苏慈航，谢谢你带给我的快乐。珍贵的快乐。也许，这一生，我都不会再有快乐了。

有桃在心里，写着回信，永远也不会寄出的信，和她懵懂的、青涩而美好的那一点情愫，郑重道别。和与幸福有关的一切，道别。她感到了一种撕裂般的疼痛。这疼，慢慢变作身体的记忆，伴随了她很久，很多年，直到她碰到那个来自法兰西的男人。

## 六　郑千帆

他们是在同事家的一个聚会上相识的。那天，同事要在家中招待一个老外吃饭，请有桃来掌勺做大厨。有桃的厨艺，认识的人，差不多都知道。这同事的先生，在大学里教书，那老外也在那大学里担任着教职。老外进来的时候，有桃一个人在厨房里煎、炒、烹、炸地忙碌着，本来，她一点也不想出去凑热闹，但是，外面酒过数巡，饭吃到一半时，同事进来，非要拉她出去，说是老外一定要见见厨师。同事说："你知道那老外说什么？他说这些菜是奇迹！"

有桃笑笑，"你也信！他们都太喜欢夸张。"

当然，还是出去了。只见那个金发碧眼的法兰西绅士站起身，说道："你就是这些奇迹的创造者啊？！太荣幸了！你好，我叫郑千帆。"一边向她伸出一只手。

有桃有些吃惊，惊讶他的汉语竟是如此的流利，也惊讶他有这样一个文人气的中文名字。还惊讶他的年轻。

"袁有桃。"她轻轻说，也伸出了手去。

他们握住了。

"你怎么能把菜烧得这么好吃？太神奇了！"郑千帆望着她的眼睛，真诚地说。

那眼睛里的蓝色，让有桃想起了天空，很久以前，遥远的以前，曾经有过的天空和时光。她的心，痛了一下。

"你过奖了，"她笑笑，"都是一些普通的家常菜，不是什么了不起的大菜。要说神奇——"她想了想，"那就是，这些食材，它们其实知道你是否真的珍惜它，用心料理它，它们通人性。"

那双蔚蓝色的眼睛，突然像被阳光照亮了一样，"你知道吗？我妈妈也说过同样的话，我妈妈也有很棒的厨艺。她曾经梦想能做一个米其林三颗星餐厅的主厨，当然，没有实现。"郑千帆说。

有桃不知道什么是"米其林三颗星"，她望着他，心想，"这个老外，他想家了。"

当有桃再一次回到厨房，接着做剩下的菜肴时，她想了想，加做了一道餐后甜品。制作这甜品，费了一些时间和心思，因为是第一次。当有桃最后把它端到餐桌上时，郑千帆惊呼一声：

"焦糖布丁！"

有桃笑了，"你尝尝，做得像不像？我还是第一次做。"

20 世纪 90 年代初叶，在有桃的城市，西餐厅寥寥无几，也没有后来遍布大街小巷的面包房、蛋糕屋一类，焦糖布丁在一个家庭餐桌上出现，真的像一个"小小奇迹"。

没有模具，有桃临时找来了几只小茶碗代替，褐色的糖浆，散发出诱人的焦香。一口下去，郑千帆陶醉地闭了下眼睛，说："回家了。"

"你还会做西餐啊？"有桃的同事高兴地叫起来，"我说有桃，你干脆辞职算了，辞职开个小饭馆，一定能火。我也入伙！咱们一块儿干，你说一辈子当个护士，能挣多少钱？"

同事的先生插嘴说："怎么听上去，像是要拉人落草为寇似的？"

大家都笑了。

但是临分别时，郑千帆认真地、郑重地对有桃说："你要是真开饭店，千万别忘了告诉我。我一定天天去你的餐馆吃饭。你会开餐馆吗？"

有桃愣了一下，笑了，说："怎么会？那是开玩笑！"

"真遗憾。"郑千帆耸耸肩，"那，不开餐馆，我还有机会吃到你做的菜吗？"

有桃没有回答。她一时语塞。

郑千帆笑了，说："再见，魔术师！"

有桃想，不会再见了，萍水相逢的一个人，有什么理由再见呢？

但是，真的再见了。

当有桃在她上班的医院门前，看到等待在那里的那个法兰西青年，那个有着天空般蓝眼睛的郑千帆，不知为什么心里突然响起一支俄罗斯歌曲的旋律：

轻风吹拂不停，
在茂密的山楂树下，
吹乱了青年镟工和铁匠的头发……

她想起了唱这歌的人，那个人，无论什么样的歌曲，都能唱出那样一种明亮的、少年人的忧伤。她想起了同样是明亮和忧伤的那些岁月，最好的岁月，心里一阵怅然。而他，已经笑着向她跑了过来。

手里是两张戏票。

"请你听戏，"他说，"谢谢你那天的晚餐。"

"你已经谢过了。"有桃回答。

"是吗？可我没有谢芙蓉鸡片、菊花鱼丝、龙开虾仁，没有谢口蘑羊肉栲栳栳，还有，焦糖布丁。"

有桃笑了，说："它们说，不用客气。还有，它们也不爱听戏。"

"京剧也不爱听吗？《锁麟囊》。"

"好像不爱。"有桃回答。

"噢！它们可真不给人面子！"这个异乡人夸张地说。

他是那么有活力，那么明亮、干净、快乐，但是，尽管如此，有桃还是看出了，一个异乡人眼睛里的那种渴望，取暖的渴望。这点渴望，是有桃不忍心拒绝的。他们一起去听戏了。北京来的剧团，演的是程派名剧。有桃惊讶地发现，对于京剧，这个法兰西青年知道的，竟比她还要多。至少，胡琴声一起，他就知道那是西皮还是二黄，还有，那声腔的妙处，而有桃，则一片懵懂。

一场戏听下来，有桃很服气。

更让有桃吃惊的，是在那之后。有一天，在一个朋友的家中，大家聊天，说起《红楼梦》里人物名字的隐喻，郑千帆忽然问道：

"袁有桃，你的名字是谁给你起的？"

"我也不知道，"有桃回答，"我只知道太土了。"

"土？"郑千帆一挑眉毛，"它们出自《诗经·园有桃》。你姓袁，园袁同音，信手拈来，我觉得很妙。"

《诗经》？有桃一头雾水。

郑千帆开始背诵："园有桃，其实之肴。心之忧矣，我歌且谣。不知我者，谓我士也骄……下面我记不清楚了，总之，是一个文人、读书人忧伤的感叹。"

有桃很震动。原来，她的名字里藏了典故。藏了一个人两千多年的忧伤和咏叹！是谁给了她这样一个名字？没人在意，没人珍惜，那么草率地来到人间的一个小生命，是谁，让她去背负起了这样悠长几乎是永恒的孤独和忧伤？原罪般的忧伤？是谁，给了她这样的使命？

他们家，找不到一本《诗经》。有桃的父亲，多年前，已经死于癌症。父亲的离世，使这个家，陷入了窘境，也是有桃没有读高中而选择了中专的原因。有桃最终上了一所卫生学校，学了护理专业。三年后毕业，分配到了省城一家不错的大医院，开始挣钱养家，供妹妹和弟弟继续读书。如今，妹妹也大学毕业了，做了"北漂"。而他们优秀的小弟弟，则一路高歌猛进地读下去，读到了美国。

姐姐毕业后南下深圳，在那里结婚，安营扎寨，有了孩子，就把刚刚退休的母亲接去帮她带孩子。如今，在这个城市，就只有有桃一个人留守了。他们的家，从前那个闹哄哄的家，常常空寂无人，有桃平日里住医院宿舍，只有星期天，才会回到这破败的老家里看看。

那个热火朝天、雄壮的大厂，如今停产了。凋敝之气在整个厂区笼盖着，谁也不知道它未来将何去何从。有桃家还在那座筒子楼，这么多年下来，楼自然是更加衰老、破旧、拥挤。可那两间屋子，那个家，只要有桃回来，就一定要把它们收拾得清清爽爽。两间屋子里的书柜，有桃整个翻找了一遍，没有《诗经》。她们家，不管是从前热闹的时光还是寂寞的现在，从来不是《诗经》光顾的地方。

有桃去书店，买了一本回来。

她找到了那一篇《园有桃》。

园有桃，其实之肴。心之忧矣，我歌且谣。不知我者，谓我士也骄。

彼人是哉，子曰何其？心之忧矣，其谁知之？其谁知之，盖亦勿思。

那是中国读书人与生俱来的忧伤，原罪般的忧伤，有桃确认了这个。虽然，她远远算不上一个读书人，可她认识汉字。汉字，应该就是这忧伤的种子。袁有桃伤感地想。

再见到那个法国人时，袁有桃忍不住感慨

地问道:"郑千帆,上辈子,你是一个中国人吗?"

郑千帆回答说:"这我没法确定。我能确定的是,这辈子,我一定会和一个中国姑娘结婚。"他望着对面那温柔的、美好的、水一般清澈的女孩儿,"衰有桃,你是那个姑娘吗?"

那是一个初夏的黄昏,他们坐在餐桌旁。那是这城市刚刚开张的第一家咖啡馆,卖各种咖啡,也卖中西式简餐。他们面前,一人一份煲仔饭,煲仔饭的热气,熏着有桃的眼睛。而窗外,很远的地方,夕阳正在穿城而过的一条河流上慢慢坠落。

有桃摇摇头,回答说:"郑千帆,我不是。"

"为什么?"郑千帆隔着桌子握住了她的手,"第一眼看见你,我就知道,你是那个姑娘……是因为,我是一个外国人吗?"

"不是。"

"那是什么?"

"是因为,我不能。"有桃回答。

"不能什么?"

　　"不能结婚。不能和任何人——结婚。"

　　她平静地，甚至是微笑地说出了这话。可是眼泪却慢慢溢出眼睛，"郑千帆，别问了，请你放过我。你是这么好的一个人，你应该找一个好姑娘，你应该幸福……"

　　"你就是那个好姑娘，最好的姑娘，你就是我的幸福。"郑千帆回答。

　　"可我不能！"

　　"你不能生育吗？那我们不要小孩，或者，我们可以领养，这世界上，有多少被遗弃的孤儿，对不对？或者，你有绝症？那就在你病情恶化前我们闪电结婚，能和你在一起共同度过一天，我也是幸福的……袁有桃，我不让你马上回答我，我可以等，我是一个非常有耐心的人。也请你不要立刻拒绝，给我一些时间，行吗？"

　　他的眼睛，蔚蓝色的眼睛，在这个黄昏，变得更加深邃而辽阔，她就要像一只小鸟一样，无可阻挡地，飞进这眼睛里去了。她在心里，叫着自己的名字，"袁有桃，袁有桃，这不行，你不配，你是不能幸福的呀！"可是她知道，她是多么渴望、渴望着纵身一跃，飞进他的世界。

他是守信的，那个黄昏之后，他不再追问，他只是默默地等候。有桃在儿科病房上班，三班倒，而他，总会在最合适的时间，出现在她面前。他总会给他们安排一些有趣的事情，比如，去参加某个家庭音乐会，去看某个不知名的小画家个人画展，去看大学生剧社的话剧、音乐剧，等等，当然，也会去见他的各路朋友们。他的朋友可真多啊！生活，原来可以是这样广阔的，而城市，也不再是从前有桃认识的那个灰色城市。这个异乡人，带领着她，这里那里，探寻着这城市的色彩，就像在沙漠中寻找花朵。而那突然相遇的坚韧的鲜艳，常常让有桃感动，原来，这城市也是有柔情的。

夏天过去了，秋天也过去了，冬天到了。十二月某一天，是这异乡人的生日。有桃决定给他做生日面吃。她带着各种食材去了他的公寓。认识这么久，她还是第一次去他的住处——这禁忌之地。她和面、洗菜、烧汤、打卤，他在一旁打下手，那情景，就像一对夫妻。那天，她做的是小拉面，浇头有好几种：最常见的西红柿鸡蛋卤、什锦小炒肉打卤，还有南方风味的爆炒蟮糊和冬菜肉末。几个清爽的家常凉菜，糖醋白菜心、炝莲藕之类，还烧了一小砂锅红烧肉，清蒸了一条鲈鱼。他开了一瓶红酒，在餐桌上点起了蜡烛，那蜡烛是红色的，就像洞房的花烛。还有一种异域的香气，那是暧昧的暗示。

他们举杯，她说："生日快乐。"

他回答："袁有桃，我想问你要一样生日礼物，可以给我吗？"

有桃叹息一声，回答说："我想我带来了。"

他们吻了。

灵魂出窍的时刻，她在他怀中，发着抖，像呓语似的说："怎么办啊郑千帆，我该怎么办啊？"

他搂着她，说道："袁有桃，有我啊，有我啊！"

　　那是她的初夜，她把自己给他了，她给了他一份珍贵的生日礼物。看到落红，这个法兰西青年，这个异乡人，哭了。

　　那一夜，她要走，他不放她走。他说："袁有桃，今天，我把它看作是我们的新婚之夜，我要介绍你认识我的家人。"

　　他有一台幻灯机，他就在幻灯机上，一张一张，放着家人的照片，雪白的墙壁做了银幕。

　　"这是我妈妈，我妈妈是家庭主妇，可她是一个非常聪明的女人，手很巧，厨艺很棒，她会做一种非常好吃的焦糖苹果塔，那是我家乡卢瓦尔河谷的美食。她做的红酒炖鳗鱼，好吃得简直让人灵魂出窍！袁有桃，我觉得你和她有点相像……这是我爸爸，我爸爸是个中学教师，是一所高级中学的校长。你看他很严肃是吧？其实他是一个很温柔的人，年轻时喜欢写诗，他就是用写诗追求到了我妈妈……这是我爷爷，这是我们的家，你看，这就是我家的葡萄酒窖，这是葡萄园；这，就是卢瓦尔河，法兰西最美的河流，诗人眼中生生世世温柔的故乡……这漂亮的老建筑是乡村小旅馆，藏在绿荫之中，它已经有一百年的历史了。对，它是我爷爷的旅馆，我们家族的旅馆，也是我最喜欢的地方。它旁边不远，是一座美丽的小教堂，我爷爷、我父母，都是在那个乡村小教堂结婚的，我希望我们的婚礼也能在这里举行，袁有桃，我相信你一定也会喜欢……"

是，她喜欢，仅仅在照片上，有桃就已经喜欢上它了，喜欢它如画的静谧、古老、安详。他的声音，有一种梦幻般的魔力，是，那是梦里的声音，只有梦，才可以是这样美好。那梦境里的声音，说着诗一样的语言，教堂、钟声、婚礼、洁白的婚纱、草地上的派对、流向大西洋的美丽的河流……她含着眼泪静静聆听，被这声音催眠，而心里，却有一种难舍的伤痛，她想，袁有桃，这是梦。

窗外，下雪了。有桃的城市，落了这个冬季第一场大雪。鹅毛大雪，在他们相拥着入睡后静静飘落。凌晨，有桃被一种恐怖的冰冷冻醒了，就像她躺在了雪地上一般。她睁开眼睛，猛地起身，她知道有什么事情发生了——最绝望的事情。刺目的灯光下，只见他惊愕地呆坐在一旁，目瞪口呆注视着身下湿漉漉的床褥，注视着那纤毫毕现、无遮无挡、汹涌的羞耻……惩罚并没有结束，在每一个幸福的瞬间，它总是这样恶毒地不期而至，如同必然要到来的黑夜。

有桃默默地穿上衣服，没有一句辩解，走出了房间，走进了漫天大雪之中。她在凌晨的城市漫无目的地走，雪没住了她的脚踝，落在她头上、肩上、睫毛上，她早已成了一个洁白的雪人。突然她站住了，发现自己竟然来到了"海子"——许多年来，她一直、一直躲避的地方。可无论怎么躲避，这冰封雪盖的湖洼，这海子，其实，就一直住在她灵魂里，从没有离开过她一天。"你想自杀吗？你想做替死鬼？"隔了二十年遥远的时光，她奇怪地听到了那男孩儿声音里笨拙的善意。她抬起头，望着大雪纷飞的天空，远远地，从那深处，传来一个声音，一个不灭的追问：

"你看见我家安康了吗？"

整个城市，都被这悲伤的回声笼盖。

冰消雪化的春天，在这城市消失了一段日子的郑千帆，突然又出现了。一连三天，他等在有桃工作的医院门口，却没有等来他要等待的人。他就直接去儿科病房寻找。在护士站，他向一个帽子上有蓝色标志的姑娘打听有桃，他知道戴这种帽子的人是护士长。

"你是叫郑千帆吧？"护士长望着他，似乎，一点也不意外，"她留给你一封信。她说，如果，有一天，你来这里找她，就把这封信交给你。"

"她人呢？她到哪里去了？"

"不知道，她辞职了，走了。"护士长说。

信是这样写的：

现在，你知道我的秘密了。你知道，我为什么说，不能做新娘。它比你当初想象到的任何理由都要荒诞、残酷。你问我是不是得了绝症，是，这就是我的绝症，而且，没有治愈的希望。

假如我没有猜错的话，你在惊愕和痛苦之后，有可能回来找我，告诉我现代医学对付这疾患的方法，有可能你已经打听好了医生，因为你太善良。但是，郑千帆，那没有用，对我而言，那不是疾患，而是，我必须背负的命运。你一定会问我为什么，我不能说。

你读过托尔斯泰的《复活》吧？那不幸的玛丝洛娃最初面对聂赫留道夫的忏悔时，是那么愤怒——你不过是要用廉价的忏悔、要用我的不幸来拯救你的灵魂！我忘记原话是怎么说的了，但这谴责，我永不会遗忘。假如，一个作恶的人，仅仅用忏悔就能拯救自己，就能解脱，那我宁愿选择沉默——请你尊重我的沉默。

再见了！你一定会遇到一个真正的好姑娘。好好生活，好好爱自己，爱她。


袁有桃就这样从这个城市消失了。

## 七　晚祷

星移斗转，许多年过去了。某一年，某个夏天，几对男女结伴从北京出发，开始了他们的欧洲七国之行。其中有一对夫妻，先生五十出头，而女人，则要年轻许多，三十岁不到，非常漂亮，而且，深知自己漂亮，眉目间难免就有一种傲骄之气。她的丈夫，据说是某个上市公司的老总，和他的事业与年龄相比，他的体重算是轻量级的，几乎看不出岁月沉淀的痕迹。不用说，这是运动的结果。

显然，同行者应该是年轻女子的朋友或者熟人，年龄也都和她相差无几。他们都惊叹着这位"大叔"几近完美的体型。有人忍不住问他说：

"您平时做什么运动？打高尔夫吗？还是打网球？"

"大叔"还没来得及回答，旁边的女人搭腔了。女人貌似低调地说道：

"他不打高尔夫，他喜欢登山、冲浪、开飞机。"

"哇！"一片惊呼之声，"开飞机？真酷啊！"

"大叔"知道这是女人在向她的朋友们炫耀，也是在证明，他这个老男人除了钱，还有别的一点什么是值得她以身相许的。他笑笑，回答说：

"我在美国读书的时候，拿到过开小型飞机的执照。不过，很久没开了。"

几个年轻人相视一笑，意思是，不是一土豪。

他们的第一站，是巴黎。巴黎，"大叔"自然是去过的，但那几个同伴，却都是初来乍到。几天下来，那些世人皆知的景点，巴黎的地标式建筑，卢浮宫、巴黎圣母院、凯旋门、埃菲尔铁塔、香榭丽舍大街，自然游历一番，也乘游轮游了塞纳河。最后一天，大家就分道扬镳了，有人要去这里，有人要去那里，女士们无一例外则是要去购物。而"大叔"，却是去了

"奥赛"，这是他每次来巴黎都要去"朝圣"的殿堂。"大叔"这个年纪，热爱奥赛，是很容易理解的事，那些他们年轻时热爱的艺术家们，几乎都在这个殿堂里了。他们来这里朝拜自己的青春。

"大叔"想说服年轻的妻子与他同行，"到了巴黎，怎么能不去奥赛？"他认为这理由很充分。

妻子笑了，说："哪个女人，到了巴黎，能让自己空手而归？麻烦你替我向凡·高问个好吧，还有你总是念叨的那个米勒。"

"大叔"就一个人去拜会他们了。

他像识途的老马一样，直奔他的目标。他也不知道为什么他会那么热爱这幅《晚祷》，他来在它面前，站住了，那静谧，从画作中布满晚霞的天空，从正在收获的秋天的田野，从那低头祈祷的年轻农夫和农妇的身上，穿透出来，氤氲、弥漫、扩散，笼罩住了"大叔"的世界。那是多么庄严和神秘的静谧，他想，是"静谧"的灵魂。乡村小教堂悠长的钟声，从

天际远远传来，或者是从……前世传来，一个
少年，在同样静谧、美好的苍穹之下，在正在生
长的粮食朴素的香气中，对他的小女伴说道：
"我怎么能做牧师太太，我只能做牧师啊！"
不错，那是前生前世的记忆。

奇怪，这《晚祷》里，流淌着一种……她
的气息。

"他们听到教堂的钟声了。"少年这样
说。

"也许，他们还听到了别的。"她轻轻回
答。

是，一定还有别的，钟声之外的东西，更
为宏大、永恒的东西，更深邃的秘密。他一阵
鼻酸。

他回头，转身离去。发现身后站着一个女
人，不年轻的东方女人，一脸沧桑，静静地，
伫立着，凝望着前面的画作。是那静，一种深
深沉浸的静而非观光客浮光掠影的表情，吸引
他多看了她一眼。和她擦肩而过的时候，他觉
得心奇怪地跳了一下。他站住了，回头打量着

她的背影，中等个头，瘦削，衣着朴素甚至土气，毫无出奇之处。这不应该是她。他不能允许她变成这样一个毫无色彩的中年妇女。为了打消自己的疑虑，他想了想，走到了她旁边。

"对不起，打扰一下，"他用中文说，"我可能太冒昧了，请问，您认识一个叫袁有桃的人吗？"

她望着他，摇摇头，"不认识，"她回答，"您认错人了。"

"不好意思。"他笑笑，这样说。

是啊，哪里有这么巧的事？那是韩剧的桥段。走出奥赛的时候，他这样想。

心里却一阵怅然。

假如，这个"大叔"，在走出十几米后猝不及防折返，他会看到那女人突然之间奔涌的热泪，以及，被柔情所照亮的美目。女人在心里温柔地说，你好，苏慈航，久违了。

从那座痛苦的城市消失之后，有桃来到了南方一座小城，在那里，没有一个人，认识这

个北方姑娘，没有一个人，知道她的前史。她
把自己连根拔起，放逐到了一片荒凉之海。其
实，那是一座安逸、宁静、祥和、富足的小城，
也是一座闭塞的小城，走在它的街头，听着满
耳一句也不懂的方言，听着别人的乡音，有桃
偶尔就会冷不丁想起那个词——西伯利业。

　　为什么，我苦难的命运，
　　送我到，西伯利亚——

　　多年前，那个英俊少年忧伤的歌声，蓝天
下的歌声，就会在有桃心里响起。有桃默默地
说，没有为什么，袁有桃，西伯利亚，那就是
你的命运。

　　她在这小城一家很有实力的民营医院，找
到了一份工作。先是做护士，后来做护士长，
再后来，随着医院规模的不断扩大，做到了总
护士长。不知不觉，二十年的时光过去了。她
变成了这医院"元老级"的人物，受人尊敬，
也学会了一口不算地道的本地方言。他们的医

院，原本在城里，由于扩建，新院址选在了城郊，于是，她就在郊外租了一座农家小院，略事改造，加盖了卫生设施之类，就成了小小一个世外桃源。闲暇无事，她在院子里，种花、种菜、种树，还种一点草药，像连翘、金银花之类。她用她的鲜花，装点餐桌；用她菜园里的新鲜蔬菜，做她的晚饭；用那些草药，泡口味独特的草药茶。只是，这一切——四季的鲜花、绿色的蔬菜、滋味悠长的茶汤——永远没有人和她一起分享。她没有成家，也不交朋友，从不邀请人到她家里做客。她独往独来，而她一个人走在这城市的孤单身影，渐渐地不再让人好奇。一个外乡人嘛，总有她的道理。

她以为，生活就这样无风无浪地过下去了。她甚至想到了退休后的日子，她筹划，到那时，她可以把这小院子买下来，办"农家乐"——施展她一手的好厨艺。她真是技痒啊！有多久，没人吃过她烧的饭菜了！她是多么喜欢给人烧菜吃，听懂它的人真心的赞美。人家是以文会友，她是以味道觅知音……她有时会憧憬未来，一个满头银丝的老妇，站在紫藤花架下，静静地、微笑地望着一桌子食客和一桌子美味佳肴。不知为什么，在那个画面里，永远只是一桌，只有一桌，是她不贪心吗？她不知道。微风吹来，紫藤花一瓣一瓣无声而清香地飘落，满院了的落花啊。她远远地看，从不会去惊扰人家。也许，她会听到这样的惊叹，"怎么能把菜烧得这么好吃？太神奇了！"一生中，曾经有两个人，两个她珍惜的人，这样赞美过她的厨艺。

但是，癌来了。

血尿，无痛血尿，毫无征兆地在一个清晨到来。洁白的马桶将那半盆鲜红映衬得格外惊悚。她望着那惊悚的鲜红，感到指尖都是冰凉的。一个资深护士长，太明白这是一个什么预兆了。她没有声张，独自坐车去了省城的大医院，检查结果，如她所料，膀胱癌。只是比她预想的更糟，晚期。

一周后，她请了长假。二十年来，她从没休过带薪假期，所以，老板答应得很痛快。老板是个明白人，他知道一定有什么不寻常的事情发生了。她把全部的存款，都取出来存到了一张卡上，她笑笑，和她的"农家乐"告别，和梦想告别。她是不能有梦的，她是不能宽恕自己的。她手里握着那张卡在心里说。然后，她报名参加了一个旅行团，来到了法国，来到了巴黎。

奥赛，不是旅行团的日程，她也是利用自由活动自由购物的时间来到了这个殿堂，来和一幅画约会。奇迹发生了。在她生命的末路，在她就要走到尽头的地方，她和那个叫苏慈航的英俊少年意外重逢。虽然，只是擦肩而过；虽然，他们彼此都已面目全非。但是，足够了，她撞见了她生命中最美丽的一小段岁月，那岁月，就像被点燃的一盏河灯，而那光，可以引领她的灵魂勇敢地走进永恒的黑暗。

三天后，在卢瓦尔河谷一座乡村小教堂内，有桃点燃了一支蜡烛。她在神坛前跪下了。

她不是教徒，不懂祈祷的规矩，"你好，

秦安康——"这个她背负了一生的名字就这样脱口而出，"秦安康，现在，我可以告诉你了，其实，四十年前，那一天，在我听到'扑通'的声响发现你落水时，我……我没有在第一时间跑过去救你，我从雪地上爬起来站在那里，看见你扑腾、挣扎，我没有动……后来，我一直对自己说，袁有桃，你那时是吓傻了，吓愣了。可我清楚，其实，我那时听到了自己心里一个声音在说，'活该，去死吧！'——那声音那么短促，转瞬即逝，可我确实是听到了这魔鬼的说话……我不知道这一刻到底有多长，几分钟或者几十秒，等我清醒过来时，冰窟窿那边已经没有动静了。我一路喊着你的名字跑过去，我趴在冰窟窿边上一边哭一边喊，我说，秦安康，秦安康，秦安康！你能听见我说话吗？没有人回答，那冰窟窿黑得像地狱一样，真恐怖啊。我朝四周喊，有人吗？有人吗？救人呀——可却没有一个人！白茫茫的湖面上没有一个人！——这时我是真吓傻了，拔腿就跑！雪下得那么大，我看到了你妈妈，秦师母，在那里问人家，'你看到我家安康了吗？'我慌不择路地逃了……假如，我没有过那几分钟或者几十秒的恶意，我一定不会躲，不会逃，我会一路跑来喊人，我会告诉她实情。后来，我也一直在想，就算我在第一时间毫不犹豫朝冰窟窿那里跑，又能怎样，难道来得及吗？能救起你吗？很可能，不能；很可能，来不及！但是，但是那会多么不同！我是说，对我而言，那会多么不同！——我可以不用我这一生，来偿还那几分钟或者几十秒的恶念和罪孽……

"是，秦安康，我偿还了一生。我惩罚了自己一生。这一生，有过一些时刻，我可以忏悔，我知道，也许，对珍惜的人说出口，或者，当着你亲人的面悔过，我就不用这么沉重地背负你过这一生，但，这对你公平吗？这样轻易地自我宽恕，我觉得羞耻……除了沉默地和你一起受难，我想不出还有什么方法，来度过我这有罪的一生。现在，我来到了我生命的尽头，秦安康，你知道了我的罪孽，可以了。

"在这个圣殿里，我说出了我的秘密，谢

谢你们！但我不求你们的原谅，我将继续带着这秘密远行。我知道，我要去的地方，很黑暗，那里，不会有我至亲至爱的亲人——我的姥姥、姥爷，他们应该在花香四溢、鲜草翻涌的好地方，而我，我知道我永不会再和他们相遇，所以，我需要一点勇气，请帮帮我……"

她沉静地、默默地说。

教堂外面，是一座墓园，和她同行的旅游者们，在墓园里拍照。这一晚，他们将会在附近的乡村小旅舍投宿。那小旅舍，深深地隐藏在绿荫之中，迎接他们的，是家庭风格的房间、干净芳香的床褥，以及美味的晚餐——红酒炖鳜鱼，焦糖苹果塔，还有，卢瓦尔河谷永生的葡萄酒。

晚祷的钟声响了。

# 图书在版编目(CIP)数据

在传说中 /蒋韵著. —福州:海峡文艺出版社,
2024.6
(独角马中篇轻读文库)
ISBN 978-7-5550-3750-7

Ⅰ.I247.5

中国国家版本馆 CIP 数据核字第 2024SK7444 号

## 在传说中

蒋 韵 著

出 版 人　林　滨
责任编辑　陈　瑾
特约编辑　曾令疆
出版发行　海峡文艺出版社
社　　址　福州市东水路 76 号 14 层
发 行 部　0591－87536797
印　　刷　福建新华联合印务集团有限公司
厂　　址　福州市晋安区福兴大道 42 号
开　　本　787 毫米×1092 毫米　1/32
字　　数　65 千字
印　　张　5.25
版　　次　2024 年 6 月第 1 版
印　　次　2024 年 6 月第 1 次印刷
书　　号　ISBN 978-7-5550-3750-7
定　　价　28.00 元

如发现印装质量问题,请寄承印厂调换